U0017015

課本學不到的韓劇流行語

재미난 한국어 유행어

金昊熙、張麗　編著

FOREWORD
前言

相信學韓語的朋友們大都有這樣的經驗：手拿初級或中級，甚至高級韓國語能力考試合格證書，卻無法與韓國朋友隨性地聊天，無法表達自己內心真實的感受；努力背文法，背單詞，已能出口成章，但是講出來的話在韓國朋友眼裡看來就像「出土文物」一般老古董，被朋友看作是無趣無聊透頂的人；韓劇看了一籮筐，但是韓劇中常出現的詞彙在詞典中卻找不到，無處可解。本書的誕生正是基於筆者對以上現實問題有所體會。

本書收錄了近年來韓國年輕人使用頻率高的流行話語，全書共分十個章節，內容涵蓋了生活、文化、經濟、娛樂、職場、電腦等多方主題。書中例句多採用韓國年輕人常用的談話內容及形式，非常生動、實用。許多流行語都提供了相關表達方式，對於詞彙或其相關聯的表達方式做更詳細的補充說明，以期達到觸類旁通、舉一反三的效果。書中的文化點滴則對書中涉及的韓國文化現象作了詳細有趣的介紹，幫助讀者進一步了解韓國。

鑒於流行語時效性的特點，本書選用的流行語是經過時間的沉澱後所保留下來的詞語，那些曇花一現的詞語並未被納入本書的選詞範圍。若本書在選詞方面有所遺漏，還望廣大讀者能予以諒解，並多多給予指正。

編　者

contents

CH 1 달콤 씹싸름한 사랑 酸酸甜甜的愛情 7

A. 같은 값이면 다홍치마 有同等價值的東西時當然就選最好的 8

B. 첫눈에 반했어！一見鍾情 14

C. 부부 싸움은 칼로 물 베기 床頭吵床尾和 26

D. 사랑과 전쟁 愛情大戰 39

E. 기타 其他 47

CH 2 인물 묘사 品頭論足 55

A. 못 생겨서 죄송합니다！長得對不起大家！..... 56

B. 남자 묘사 對男人的描寫 65

C. 여자 묘사 對女人的描寫 71

D. 기타 其他 81

CH 3 캠퍼스 라이프 校園生活 99

A. 죽었다！시험 망쳤어！死定了，考試考砸了！ 100

B. 나 오늘 땡땡이 쳤어！我今天翹課了！ 106

C. 우리는 친구 朋友 109

D. 기타 其他 113

CH 4 미녀는 괴로워 醜女大翻身 121

A. 옷이 날개 人要衣裝，佛要金裝 122

B. 성형 미인 人造美女 132

C. 화장법 化妝技巧 / 화장품명 化妝品名稱 136

D. 미용, 헤어 美容美髮 142

E. 체력은 국력 體力就是國力 147

F. 기타 其他 150

CH 5 먹고 마시고 놀고 吃喝玩樂 155

A. 저녁에 한 잔 어때？晚上來喝一杯吧？ 156

B. 금강산도 식후경 吃飯皇帝大 166

C. 노세 노세 젊어 노세！年輕萬歲！ 177

CH 6 직장 생활 職場生活 187

A. 오늘은 월급날！今天是發薪日！ 188

B. 어떻게 해？나 짤렸어！怎麼辦？我被炒魷魚了！ 193

C. 기타 其他 199

CH 7 살다보면 욕하고 싶을 때도 있다

人生在世，難免會說上幾句罵人的話 209

CH 8 엔터테이먼트 (드라마、영화、음악、스타)

影視娛樂（電視劇、電影、音樂、明星） 223

A. 오빠！사랑해요！哥哥！我愛你！ 224

B. 음악 音樂 231

C. 영화、드라마 電影、電視劇 235

D. 기타 其他 240

CH 9 인터넷 세상 網路世界 245

A. 인터넷 세상 網路世界 246

B. 방가방가！你好！ 255

C. 인터넷 쇼핑 網路購物 262

D. 나는 컴맹 我是電腦白痴 264

E. 문자 보내기 發簡訊 266

F. 인터넷 유행어 網路流行語 268

CH 10 기타 其他慣用語 277

CHAPTER 1

달콤 쌉싸름한 사랑

酸酸甜甜的愛情

CHAPTER 1

달콤 쌉싸름한 사랑

酸酸甜甜的愛情

같은 값이면 다홍치마

有同等價值的東西時當然就選最好的

꽃미남 花美男 ♫001

顧名思義就是形容像花一樣漂亮的男生。該詞起初只是用來形容一個男生不僅臉蛋長得像女生一樣漂亮外，連身材也像女生一樣地苗條。不過現在不管身材如何，只要臉蛋漂亮的男生都可以用**“꽃미남”**來形容。最近**“꽃중년”**（花樣大叔）的說法也很流行，花樣大叔大多是形容三、四十歲的男性，而**“꽃미남”**則是主要形容十八歲至二十八歲間的年輕男子。

例子

A：‘꽃보다 남자’그 드라마 봤어요？

B：당근 봤지요！내가 좋아하는 꽃미남들이 다 나오는데 안 볼 수 있어요？

A：你看過《流星花園》嗎?

B：當然看過。我喜歡的花美男們都有演，我怎麼能不看呢?

◆ 꽃보다 남자：像花一樣的男子，這裡指日本“流星花園”連續劇的片名。

◆ 드라마：連續劇

◆ 당근：此單字原為胡蘿蔔，現在多被用來表示“當然”的意思，為韓國年輕人常使用的流行口語之一。

완소남，완소녀 完美笑容男，完美笑容女 ♫002

此單字是由“**완전 소중한 남자/여자**”開頭字母組合而成。形容臉蛋及笑容非常完美，全身散發著魅力的男性或女性。

例子

A：저런 완소남이 내 남자친구이면 얼마나 행복할까？

B：꿈 깨！

A：如果像他那樣完美的男人做我男朋友的話，那該多幸福呀？

B：別做夢了！

◆ 얼마나：多麼

◆ 꿈 깨다：直譯為從夢中醒來，口語為醒醒，別做夢的意思。

엄친아, 엄친딸 完美無缺的人（男/女） ♫003

該詞原為"**엄마 친구의 아들**"（媽媽朋友的兒子）的開頭字母組合而成，指的是媽媽口中常出現"我朋友誰誰的兒子成績好、體育好，什麼都好，你看看你……"等用來跟自己的子女做比較的完美無缺的男女。這個單字也經常形容不僅是外型好連學歷也高的明星，例如**"엄친아 이승기"(完美男 李昇基)**。**"엄친딸"則是"엄마 친구의 딸"**的縮寫。

例子

A：수영이는 얼굴도 예쁘고 게다가 공부도 잘해,성격도좋아,정말 흠 잡을 데가 없다！

B：그러니까 엄친딸이라고 부르지！

A：秀英不僅人漂亮成績也很好，個性又那麼完美，真的是無可挑剔。

B：所以我們都叫她是媽媽口中完美無缺的女孩。

◆ 흠 잡다：挑毛病

◆ ~라고 부르다：叫做，稱作

킹카, 퀸카 帥哥，美女 ♫004

源於"Trump card"中的"king card"和"queen card"。**"킹카"**指外貌出衆的男性，**"퀸카"**指外貌出衆的女性。

例子

(1)

A：어렸을 때 나보다 공부도 못했고 얼굴도 별로였던 친구가 내일 킹카와 결혼해.

B：어떻게 해！너 정말 배 아프겠다！

A：小時候一個功課不如我、也長得不好看的朋友，明天要和一位帥哥結婚了。

B：什麼！你一定覺得很嘔！(你的肚子一定痛死了)

(2)

여러분！빅뉴스！어제 우리 학교 킹카가 나한테 데이트 신청했어！

各位！號外(Big news)！昨天我們學校的帥哥說想跟我約會！

◆ 별로이다：不怎麼樣

◆ 배 아프다：直接翻譯為肚子痛，為羨慕、忌妒的意思

◆ 데이트：約會

◆ 신청하다：申請、提出

살인 미소（殺人微笑）迷人微笑 ●●● ♫005

意指笑容有如具有魔力，可以讓看到的人感受到並且沉浸在幸福中。

例子

A：요즘 한국은 전국민이 김연아의 살인 미소에 푹 빠졌어요.

B：맞아요, 요즘은 MBC, KBS, SBS 어디나 다 김연아 광고예요.

A：最近全韓國人都被金妍兒的笑容征服了。

B：對呀，最近 MBC、KBS、SBS 不管是哪裡都放的是金妍兒的廣告。

◆ 金妍兒：韓國知名的花式溜冰選手，就像林書豪、陽岱鋼一樣家喻戶曉，金妍兒在韓國也是無人不知無人不曉，深受全國人民的喜愛。

◆ 푹 빠지다：神魂顛倒般地被迷住

◆ 광고：廣告

相關表達方式

● 명수의 살인 미소에 푹 빠지다 被名秀迷人的微笑給迷住，亦指某人的微笑具有魔力，讓人無法自拔被迷住。

● 살인 미소가 작렬하다 迷人微笑

"작렬"含有"非常好，最棒"的意味，這句話表達的意思是某人的迷人微笑極具魅力。

● 썩은 미소 討人厭的微笑

和”迷人的微笑”相反，只讓人感到討厭的微笑。

MBC、KBS、SBS 韓國三大電視臺

MBC（Munhwa Broadcasting Corporation）—文化廣播公司、KBS（Korean Broadcasting system）—韓國放送公社、SBS（Seoul Broadcasting system）—SBS 株式會社，是韓國三大代表性電視臺。

만인의 연인 萬人迷

♪006

直譯為萬人的戀人，指受衆人喜愛的人。

例子

A：나 이제 무슨 낙으로 살아！

B：왜 그래？

A：우리 만인의 연인 김정아가 결혼을 한대！

A：我現在活著還有什麼意義？

B：怎麼了？

A：聽說我們的萬人迷金正雅要結婚了。

◆ 낙：樂趣

B 첫눈에 반했어! 一見鍾情

사랑에 빠지다 墜入愛河 ♫007

例子

A：너 요즘 왜 이렇게 정신이 없어?

B：너도 사랑에 빠져 봐, 그 사람 이외에는 아무것도 안 보이고 아무것도 안 들려!

A：你最近怎麼這麼魂不守舍？

B：你也試試看愛情的滋味吧！你眼裡只會有那個人，其他人你都看不見也聽不見！

key word

◆ 정신 없다：字義上為“沒有精神”，但其意思應該為魂不守舍、注意力不集中。例如：정신없이 먹다：(非常專注地)猛吃；정신없이 공부하다：(非常專注地)念書

◆ 이외：以外

相關表達

●××에게 반하다 開始著迷於××

指開始喜歡某人，常用於表示突然間開始喜歡某人。

●큐피트의 화살에 맞다 身中丘比特之箭

丘比特是羅馬神話中的愛神，經常身負弓箭，被丘比特之箭射中的人會愛上第一個看到的人。所以經常用"○○가 큐피트의 화살에 맞았다"來形容墜入愛河。

첫눈에 반하다 一見鍾情 ♫008

例子

(1)

A：오늘 지하철에서 그녀를 봤을 때 하늘에서 천사가 내려온 줄 알았어！

B：또 시작했군. 니가 첫눈에 반한 여자가 어디 한 둘이야？

A：今天在地鐵裡看到那個女人的時候，我還以為仙女下凡了。

B：又來了，你一見鍾情的女人哪裡只有一兩個？

(2)

나는 당신의 호수같은 눈,앵두같은 입술을 보고 첫눈에 반했어요.

你的眼睛如一灣湖水，你的嘴唇宛若櫻桃點點，讓我一見鍾情。

◆ 하늘：天空，天上

◆ 천사：天使

◆ 호수：湖泊

◆ 앵두：櫻桃

찍다 看上，相中（含有霸佔之意） ♫009

例子

A：이 중에 맘에 드는 사람 있어？

B：응,오른쪽에서 두 번째.

A：안돼！꿈 깨！그 사람은 내가 찍었어！

A：這些人當中有你看上的嗎？

B：嗯，右邊第二個。

A：不行！別做夢了，他是我的！

◆ 맘에 들다：稱心，滿意(感到滿意，所以喜歡)

짝사랑 單戀 ♫010

例子

A：그 사람이 그렇게 좋으면 짝사랑만 하지 말고 가서 고백해요.

B：어휴！용기가 안 나요.

A：你那麼喜歡他，就不要一個人單戀了，去跟他表白呀。

B：唉！實在沒有勇氣啊。

◆ 고백하다：表白

◆ 용기：勇氣

프러포즈 求婚（propose的外來語） ♫011

同義詞為 **"청혼하다"**

例子

(1)

A：나 남친한테서 프러포즈 받았어！

B：와！좋겠다. 어디서 어떻게 프러포즈 했는데？

A：我男朋友向我求婚了！

B：哇！太好了！在哪裡求的婚？怎麼求的？

(2)

A：나 어제 여자친구한테 프러포즈할 때 긴장해서 손까지 떨었어.

B：그래서？결과는？

A：昨天我向女朋友求婚的時候，緊張得手都在發抖了。

B：然後呢？結果如何？

◆ 남친 ："남자 친구"的縮略形，"여자 친구"的縮略形是"여친"。

◆ 긴장하다 ：緊張

◆ 떨다 ：顫抖，發抖

대쉬하다, 작업 걸다 追求 ♫012

例子

A：저 웃는 것 좀 봐！멋있지？

B：그렇게 마음에 들면 가서 대쉬해 봐！

A：거절 당하면 어떻게 해？

B：그래도 시도는 해 봐야지！

A：看他的笑容，是不是很帥？

B：這麼喜歡他，那就去追呀！

A：如果被他拒絕了怎麼辦？

B：不試怎麼知道呢！

◆ 거절 ：拒絕

◆ 당하다：遭到，受到

◆ 시도：試圖，企圖

천생연분 天生一對 ♫013

例子

A：저 커플 참 행복해 보여. 정말 천생연분이다！

B：부럽다！나도 빨리 나의 반쪽을 찾아야 하는데……

A：那對情侶看起來很幸福，真的是天生一對！

B：真羨慕！我也得趕緊找到我的另一半。

◆ 부럽다：羨慕

◆ 반쪽：另一半，伴侶

文化點滴

韓國文化至今仍舊存在許多迷信的現象，只要是占卜問卦之處，或是塔羅店隨處可見，韓國人在重要的日子或是有重大事情時都會有祭祀活動。在結婚之前也會算命合新人的八字，若八字不合也是會有不結婚的可能。下面就來看看在韓國文化中哪些生肖是適合配對成功的。

쥐띠와 소띠 老鼠和牛

호랑이띠와 돼지띠 老虎和豬

토끼띠와 개띠 兔子和狗

용띠와 닭띠 龍和雞

말띠와 양띠 馬和羊

※僅供參考，請勿當真。

자기야! 親愛的 ♫014

例子

A：자기야！뭐해？

B：응,자기한테 점수 따려고 청소하고 있어.

A：親愛的！你在幹嘛？

B：想討好你，所以在打掃。

◆ 점수 따다：直譯為"得分"，意譯為"討好"

◆ 청소하다：打掃

뽀뽀하다, 키스하다 親親，接吻 ♫015

例子

A：유진아！아빠한테 뽀뽀해 줘.

B：아빠！내가 뽀뽀해 주면 아이스크림 많이 사 주세요！

A：宥真！過來親親爸爸。

B：爸爸！我親你一下，那你要買冰淇淋給我喔！

◆ 아이스크림：冰淇淋

윙크하다, 눈빛 보내다 拋媚眼 ♫016

"윙크하다" 源於英語 **"wink"**，**"눈빛 보내다"** 直譯則為"目光投送"。

例子

A：너 눈병 걸렸어？왜 자꾸 한쪽 눈을 깜빡거려？

B：너는 사람이 왜 이렇게 둔해？바보야！윙크하고 눈병도 구분 못해？

A：你眼睛怎麼了？怎麼一隻眼睛眨個不停？

B：你怎麼這麼遲鈍呀？笨蛋！拋媚眼和眼睛痛都分不清楚嗎？

- 걸리다：患，得病
- 자꾸：經常地，一再
- 깜빡거리다：眨眼、(燈)閃爍
- 둔하다：遲鈍
- 구분하다：區分，分辨

눈에 콩깍지가 씌이다 情人眼裡出西施 ♫017

直譯為是豆莢遮住了視線，而無法直接觀察事物或對方。比喻在別人眼裡是一個平凡不過的普通人，但在戀愛中的人眼裡卻是如此的完美又獨特，便是情人眼裡出西施的意思。

例子

(1)

A：봤지？봤지？너도 봤지？저 사람은 찡그려도 멋있어！

B：너 눈에 콩깍지가 씌었어？멋있는 사람 다 얼어죽었냐？

A：看到了嗎？看到了嗎？你也看到了嗎？那個人連皺眉頭都好看！

B：真的是情人眼裡出西施，帥的人都死光了嗎？(連他都稱得上帥？)

(2)

사랑에 빠지면 눈에 콩깍지가 씌여 상대방의 단점은 하나도 안 보인다.

一旦墜入愛河，雙眼就會被愛情蒙蔽，看不見對方的缺點。

◆ 찡그리다：皺眉頭，愁眉苦臉

◆ 얼어 죽다：直譯為凍死，意譯為死光

◆ 상대방：對方

◆ 단점：缺點

내숭 떨다 表裡不一，假裝 ♫018

"내숭" 源於中文 **"내흉（內凶）"**，有內心陰險狡詐之意。

"내숭 떨다" 指女人表裡不一、裝模作樣，例如明明喜歡對方卻裝作討厭對方；在男人面前假裝表現出善良、柔弱、天真等意思。

例子

(1) (미팅에서 친구가 평소와 다르게 귀여운 척을 한다)

A：너 오늘 왜 내숭 떨어？평소처럼 해！

B：내가 언제 내숭 떨었어？나 원래 귀엽잖아！

(在聯誼的場合時朋友與平常表現不同，故做可愛樣)

A：你今天怎麼一直裝可愛？表現跟平常一樣就好！

B：我沒有裝可愛呀？我本來就可愛呀！

(2)

조심해！보기에는 청순가련형이지만 사실은 내숭 10 단이야.

小心點！這個人看起來楚楚可憐，可是其實他是非常表裡不一的高手。

◆ 미팅：聯誼

◆ ~척 하다：裝作

◆ 청순가련형：楚楚可憐型

◆ 10 단：直譯為“10 級”，意譯為“高手”

연애 편지 情書 ♫019

例子

A：나 글솜씨 없으니까 니가 내 연애 편지 좀 대필해 줘.

B：알았어,그 여자하고 잘되면 나중에 한턱 내！

A：我文筆不好，請你幫我代寫情書。

B：好，要是成功了，你得請我吃飯！

◆ 글솜씨：文筆，文采

◆ 대필하다：代筆

◆ 한턱 내다：請客，也可用"한턱 쏘다"表示。

스킨십（skinship）身體上的親密接觸 ♫020

指利用身體的接觸來傳達情感的方式。不僅只侷限於男女間的愛情，也可以用在父母對孩子的教育過程中與孩子間的身體接觸。

例子

(1)

A：저런 화면을 TV에서 방송해도 돼요？

B：너무했다！방송에서 저런 스킨십은 당연히 안되지！

A：這樣的畫面可以在電視裡播出嗎？

B：太超過了！那種程度的親密接觸當然不能播放啊！

(2)

아이가 울면 엄마는 아이를 안아 주는데 이런 모자간의 스킨십은 아이의 성격에 좋은 영향을 준다.

當孩子哭時媽媽就會去抱孩子，這樣母子間的身體接觸可以對孩子的個性產生很好的影響。

화면：畫面
방송하다：播放
당연히：當然
안다：抱
모자간：母子間
영향：影響

발렌타인데이 情人節 ♫021

例子

(1)

A：한국에서는 발렌타인데이 때 여자가 남자에게 초콜렛을 주는데 대만은 어때요?

B：대만도 똑같아요. 그런데 여자가 남자에게 주는 것이 아니라 남녀가 서로 초콜렛을 줘요.

A：在韓國情人節時，女生會送巧克力給男生，那台灣呢？

B：台灣也一樣，不過不是女生送給男生，而是男女互相送。

(2)

발렌타인데이는 짝사랑 하는 사람에게 사랑을 고백할 수 있는 좋은 기회이다.

情人節是單戀的人可以向對方告白的機會。

◆ 초콜렛：巧克力
◆ 똑같이：一樣，一模一樣
◆ 서로：互相，彼此
◆ 짝사랑：暗戀

情人節

在韓國除了情人節外還有許多與紀念男女戀情有關的節日。像 3 月14 日是白情人節（화이트데이），在 2 月 14 日情人節的時候，女孩子會把巧克力送給喜歡的男孩子，而白色情人節這天則是男孩子送糖果給自己喜歡的女孩子；接下來 4 月 14 日這天就是黑色情人節，這一天沒有情人且沒有收到巧克力與糖果的單身男女，會相約這一天一起吃炸醬麵(韓國炸醬麵的醬是黑色的)，藉此互相慰藉孤單的心靈。

부부 싸움은 칼로 물 베기
床頭吵床尾和

부부 싸움은 칼로 물 베기 床頭吵床尾和 ♫ 022

比喻夫妻之間的爭吵一下就化解了。與“夫妻沒有隔夜仇”的意思相同。

例子

A：옆 집 부부가 또 싸워. 우리가 가서 말려야 하지 않아?

B：걱정 마, 부부 싸움은 칼로 물 베기잖아. 금방 또 화해할 거야.

A：隔壁家的夫妻又吵起來了。我們要不要去勸架？

B：別擔心，夫妻吵架床頭吵床尾和，馬上就好了。

◆ 말리다：勸架，勸阻

◆ 화해하다：和解，和好

（맞）선보다 相親 023

"선(先)보다" 其字面的意思就是在結婚之前"先"考慮要成為媳婦、女婿、丈夫、妻子人選的相貌品德舉止。現在的相親是雙方當事人直接見面，但過去則是在雙方當事人見面之前，雙方父母要先與雙方當事人見面，先考量對方的品德舉止。**"선(先)보다"**的說法便是源自於此。

例子

A：일요일에 선보기로 약속했으니까 시간 내.

B：엄마! 지금이 조선시대야? 선은 무슨! 안 가!

A：已經約好星期天相親了，挪出時間來。

B：媽！現在都什麼時代了？相什麼親啊？我不去！

◆ 시간 내다：騰出時間，抽空

◆ 조선 시대：直譯為“朝鮮時期”，意譯為“古代”

相關表達方法

●미팅하다 聯誼

由多位年輕男女(主要是高中生、大學生)聚在一起，大家用各自適合自己的方式約會。

●소개팅하다 在別人介紹下的會面

指在別人安排或介紹下的男女一對一約會。

●번개팅하다 閃電約會

“번개팅”雖然也是男女一對一的約會，但不是在別人的介紹下逐漸聯解對方的約會，而是一種即時興起的約會。例如網友在網路上聊天時，若對方提出“번개팅 할까？”，便是希望與你見面的意思。

●헌팅하다 (hunting) 獵豔

指在路上或者咖啡廳等地方“獵取”喜歡的對象。

국수 먹다 吃喜酒 ● ● ● ♫024

在韓國婚禮上新人會用麵條或是排骨湯來招待參加婚禮的賓客。**“국수 먹다（吃麵條）”**便是源自於此風俗習慣，比喻結婚宴客。

例子

엄마：아이고！내가 못살아,못살아！너 도대체 언제 시집갈 거야？이 웬수야！

딸：걱정하지 마！ 30 살 전에 국수 먹여 주면 되잖아！

媽媽：哎呦！我不想活了，不想活了！你到底打算什麼時候嫁人啊？你這個冤家！

女兒：別擔心！我在 30 歲之前讓您喝喜酒總行了吧？

◆ 도대체：到底，究竟

◆ 시집가다：“시집”指婆家，“가다”意為去，去婆家，表示嫁人的意思。 反過來對男人則說“장가가다”，“장가”指丈母娘家，去丈母娘家就是娶老婆的意思。

◆ 웬수：冤家

선생님 마음을 어떻게 먹어요？식인종도 아니고……

어느날 수업을 하다가‘마음을 먹다’라는 문구가 나오자 한 학생이 이렇게 물었다.‘선생님,마음을 어떻게 먹어요？식인종도 아니고……？’그래서 나는‘그렇지！마음은 못 먹는데…… 그런데 한국에서는 먹는데……’라고 대답하자 교실은 웃음 바다가 되었다.

그런데 가만히 생각해 보니 한국 사람은 마음 말고도 먹는 것이 정말 많다. 새해 첫날 떡꾹을 먹고 나면 나이도 먹는다. 더위도‘먹는’것이고,화장도 잘 먹어야 한다. 그래도 배가 고프면 1 등도 먹고,겁도 먹고,귀도 먹을 수 있고 심지어 벌레도 먹는다. 때로는 본의 아니게 욕을 먹고 더 심하면 한 방 먹기도 한다. 아이고,배 터지겠다！

마음을 먹다：下定決心

떡꾹을 먹다：吃年糕湯（韓國人大年初一早上喝年糕湯表示長一歲的意思。）

나이를 먹다：長歲數

더위를 먹다：中暑

화장이 잘 먹다：直譯容易上妝，表示化妝化的不錯

1 등을 먹다：拿第一名

겁을 먹다：畏懼

귀를 먹다：耳聾

벌레 먹다：長蟲子

욕을 먹다：被

한 방 먹다：被打一拳

그런데 생각해 보니 대만사람도 만만치 않게 먹는다.

不過我覺得台灣人也不能小看，台灣人不僅飯也吃、醋也吃，有時還跟朋友說"我要把你吃掉"！並且經常吃驚、吃力、吃苦，有人還嫌不夠的話還要吃虧，剩至連官司也要吃！하하하,재있다！

속도 위반 先上車後補票，奉子成婚 ♫025

"속도위반（速度違反）"指未婚懷孕，奉子成婚。

例子

A：예전에는 속도 위반하는 커플들이 많지 않았는데 요즘은 정말 많아요.

B：하하,그래서 요즘은 애기가 혼수라는 농담도 있잖아요.

A：以前奉子成婚的人很少，但現在就很多。

B：哈哈，所以最近有孩子是嫁妝的玩笑話。

◆ 커플 ：情侶

◆ 혼수 ：嫁妝

◆ 농담 ：玩笑話

첫날밤 新婚夜 ♫026

例子

A：자,결혼 선물！

B：고마워！그런데 뭐야？

A：엄청 섹시한 속옷.

B：응？나는 그런 속옷 안 입는데！

A：바보야！첫날밤에 입으라고！

A：給妳的結婚禮物！

B：謝謝！是什麼呀？

A：一件超性感的內衣。

B：啊？可我不穿這種內衣。

A：笨蛋！我是讓你在新婚之夜穿的啦！

◆ 엄청：非常，十分

◆ 속옷：內衣

◆ ~라고：(第三人稱)說（表引用）

국제 결혼 跨國婚姻 ♫027

例子

A：너는 외국 사람과 결혼하는 것 어떻게 생각해？

B：국제 결혼？글쎄，생각 안 해 봤는데.

A：你對於和外國人結婚有什麼想法？

B：跨國婚姻？這個嘛，沒想過。

韓國是單一民族？

韓國目前是一個單一民族的國家，但一兩百年後是否能保持著單一民族性將是個未知數。因為現在韓國鄉下地區有很多未婚男性會選擇跟越南、菲律賓、中國朝鮮族女性結婚，尤其以中國朝鮮族女性居多，因為她們語言上的優勢受到韓國鄉下地區男性的歡迎。據統計居住在韓國的外國人已經超過100萬人（韓國約有4800萬人口），跨國婚姻的數字也逐漸有上升的趨勢，因此有人指出韓國將來恐怕無法再自稱是一單民族的國家了。

잉꼬 부부 恩愛夫妻 ♫028

傳說**“잉꼬새（鴛鴦）”**一旦成雙成對後就會不離不棄、至死不渝，所以人們就會用**“잉꼬 부부”**來比喻恩愛的夫妻。

例子

A：저기 두 분,노부부가 손을 꼭 잡고 걷는 모습을 보니까제 마음까지 따뜻해져요.

B：두 분은 우리 동네 소문난 잉꼬 부부예요.

A：那兩位老夫妻牽著手走路的樣子真溫馨。

B：那兩位在我們社區是出了名的恩愛夫妻。

◆ 노부부：老夫妻

◆ 손 잡다：手牽著手

◆ 동네：村子，社區

◆ 소문나다：直譯為“（消息）傳開”，意譯為“聞名、有名、出名”

공처가 妻管嚴 ♫029

在韓語中把那些尊重和寵愛妻子的丈夫叫做**“애처가（愛妻家）”**，那些怕老婆、懼內的丈夫稱作**“공처가（恐妻家）”**。

例子

A：너 마누라가 그렇게 무서워서 어떻게 사냐？

B：내가 몇 번을 말해！나는 공처가가 아니라 애처가야,애처가！

A：你怎麼那麼怕老婆？

B：我說過多少次了？我不是妻管嚴，而是愛老婆！愛老婆！

◆ 마누라：老婆的俗稱，只在彼此熟悉的人之間使用。 一般情況下多使用“아내”、“와이프”。

◆ 무섭다：害怕，恐怖

바가지 긁다 老婆嘮叨 ● ● ● ♫030

古時候人們認為傳染病是魔鬼的惡作劇，於是就亂敲鍋碗瓢盆，用吵鬧聲來嚇跑魔鬼。妻子的嘮叨聲在丈夫眼裡看來就像是那嚇走魔鬼敲打鍋碗瓢盆的吵鬧聲，所已將 **“바가지 긁다”** 來比喻妻子的嘮叨。

例子

A：또 당신이 술값 냈어？당신이 무슨 재벌이야？도대체한 달 술값이 얼마야？

B：아！귀 따가워. 바가지 좀 그만 긁어！

A：又是你付的酒錢？你很有錢嗎？一個月你得花上多少酒錢啊？

B：我耳朵都要長繭了，別再囉嗦了！

술값：酒錢

재벌：有錢人

따갑다：刺痛

결혼은 연애의 무덤 婚姻是愛情的墳墓 ♫031

結婚後夫妻間不再有熱戀時的砰然心跳，戀愛時美好的感覺也逐漸消失，所以人們常稱結婚是戀愛的墳墓。

例子

A：너 언제 결혼할 거야？

B：'결혼은 연애의 무덤'이라는 말 몰라？나는 영원히 화려 한 싱글로 살 거야.

A：你打算什麼時候結婚？

B：你沒聽過“結婚是戀愛的墳墓”這句話嗎？我想要永遠當個光鮮亮麗的單身漢。

영원하다：永遠，永恆

화려하다：華麗

싱글：單身

짚신도 짝이 있다 人生注定有另一半 ♫032

就連不起眼的草鞋都有自己的另一半，更何況是人呢？

例子

A：내 반쪽은 어디에 있을까？

B：짚신도 짝이 있다는데 좀 더 기다리면 너의 백마탄왕자 가반드시 나타날 거야.

A：我的另一半會在哪裡呢？

B：俗話說 "人生註定有另一半"，再等等，說不定你的白馬王子就會出現。

◆ 반쪽：一半

◆ 백마탄왕자：白馬王子

◆ 반드시：一定，肯定

여자는 남편 따라 간다　嫁雞隨雞嫁狗隨狗

♫ 033

例子

A：○○가 시집을 잘 가서 지금은 무슨 회사 사장 사모님이래요.

B：정말？여자는 남편 따라간다고 정말 용 됐네！

A： 聽說 XX 嫁得很好，現在是個某某公司的社長太太了。

B： 真的嗎？俗話說嫁雞隨雞嫁狗隨狗，真是麻雀變鳳凰。

◆ 사모님：師母、太太、夫人

◆ ~이래요：聽說

◆ 용 되다：成龍，成鳳凰

文化點滴

大部分的韓國女性結婚生子後便會放下工作專心做家庭主婦，而這些家庭主婦中學歷大多都是大學畢業，婚後只在家裡養兒育女、相夫教子，其實這對國家來說是很大的損失。關於這一點韓國人心裡其實也非常清楚，但是目前韓國社會中仍然算是傳統保守，所以人們認為在經濟較好的家庭中，女性只需要專職養兒育女就好。不過現實生活生的確有很多很有能力的女性都希望能遇見一個收入好的老公，婚後安穩做一個家庭主婦即可，因此有個外國人曾嘲笑韓國女人：韓國女人上大學是為了嫁一個收入好的老公。

미시족 未婚型主婦 ♫034

該單字由表示小姐、未婚女的“（miss）”和“족（族）”結合而成，指雖然已婚但仍表現得像未婚的主婦。

例子

A：○○씨는 결혼한지 5 년이 넘었는데 아직도 20 살 아가씨 같아요.

○○：호호, 요즘은 저같은 미시족이 흔해서 저는 끼지도 못해요.

A：XX 你都結婚 5 年了，還像個 20 歲的小姐一樣。

XX：呵呵，最近像我這樣的未婚型主婦很多，我根本算不了什麼。

- 넘다：超過，越過
- 흔하다：常見
- 끼지도 못하다：望塵莫及，差得遠

검은 머리가 파 뿌리 되다 白頭偕老 ♫035

例子

'우리 두 사람은 검은 머리가 파 뿌리 될 때까지 서로 아끼고 사랑하겠습니다.'한국에서는 결혼식 때 신랑과 신부가 이렇게 서약한다.

在韓國結婚時新人會這樣發誓："我們兩個人會彼此相愛，白頭偕老"。

- 아끼다：愛惜，珍惜
- 결혼식：結婚典禮
- 신랑：新郎
- 신부：新娘
- 서약하다：發誓，誓約

사랑과 전쟁 愛情大戰

차다, 차이다 甩，被甩 ♫036

"차다" 原意是"踢"，而 **"차이다"** 則是"被踢"的意思，表示"甩掉對方"的意思。

例子

A：못났어！못났어！너는 어떻게 항상 남자에게 차여？

B：무슨 소리야！도대체 몇 번을 말해？차인 것이 아니고 내가 찬 거라고！

A：太沒出息了！你怎麼老是被男人甩？

B：說什麼！我說過多少次了，不是我被甩而是我把他甩了！

◆ 못나다：沒出息，窩囊

◆ ~라고：(第三人稱)說（表引用）

튕기다 跩 ♫037

例子

A：지난번에 말한 후배 꼬시기는 잘돼？

B：잘되기는 무슨！서울 여자들은 왜 이렇게 튕겨！

A：你上次說的追學妹的事進行得還順利嗎？

B：順利什麼呀？首爾的女孩子怎麼這麼跩呀！

◆ （여자를）꼬시다：追求

◆ 잘되다：進展得順利

바람 피우다 花心 ♫038

例子

（도끼눈을 뜨고 큰 소리로）（赤目相向，大聲斥喝）

A：자기야！방금 그 여자 누구야！지금 나 모르게 바람 피우는 거야？

B：어휴！깜짝이야！아무도 아니야，그냥 아는 여자야.

A：親愛的！剛那個女人是誰啊？是不是背著我搞外遇？

B：哎喲！嚇死我了！她誰都不是，只是一般認識的女生而已。

◆ 도끼눈：討厭某人或因憤怒而怒視著對方嚇人的眼神

바람맞다 被放鴿子 ♫039

例子

A：여보세요！너 왜 아직도 안 와？나 여기서 30 분이나 기다렸어！

B：미안해. 급한 일이 생겨서 못 갈 것 같아.

A：뭐？니가 감히 나를 바람 맞혀！

A：喂！你怎麼還不來啊？我已經等了半個小時了。

B：對不起啊，我這邊突然有點急事，恐怕不能去了。

A：什麼？你竟然敢放我鴿子！

◆ 아직도：還，尚，未

◆ ~이나：整整，足足

◆ 감히：竟敢

양다리 걸치다 劈腿，腳踏兩條船 ♫040

例子

A：사실 나 양다리 걸쳤는데 여자친구가 안 것 같아. 어떻게 하지？

B：너 큰일났다！여자의 육감이 얼마나 무서운데.

A：我女朋友好像知道我劈腿的事了，怎麼辦？

B：你完了，女人的第六感是很靈的。

◆ 사실：其實，實際上
◆ 육감：第六感

플레이보이（playboy）花心蘿蔔，花花公子 ♪041

例子

A：생각보다 괜찮은데 한번 사귀어 봐！

B：됐어！저런 플레이보이는 10 트럭을 줘도 싫어.

A：感覺比想像中好，交往看看吧！

B：算了吧！那種花花公子就是給我裝來 10 卡車我都不要。

key
word

◆ ~보다：比
◆ 사귀다：交往
◆ 트럭：卡車

삼각관계 三角關係 ♪042

例子

A：올해 7 살인 조카 때문에 걱정이에요.

B：왜요？무슨 일 있어요？

A：같은 유치원에 다니는 꼬마를 좋아하는데 삼각관계래요.

B：뭐요？하하，세상에！

A：我那 7 歲的姪子真讓我擔心。

B：怎麼了？發生什麼事？

A：他喜歡一個跟他同一間幼稚園的小朋友，而且還是三角戀愛。

B：什麼？哈哈，天啊！

◆ 조카：姪子，姪女

◆ 꼬마：小不點，小鬼

◆ 세상에！：天啊！

눈에서 멀어지면 마음에서도 멀어진다
感情因疏離而變淡

♫ 043

例子

A：다음 달에 남친이 대만에 유학 가.

B：야！너희 그렇게 오래 떨어져 있으면 안돼. 연인사이는 눈에서 멀어지면 마음에서도 멀어져！

A：我男友下個月就要去台灣留學了。

B：啊！你們這樣長時間分隔兩地不太好。情人間長時間分開不見面的話感情會變淡的！

◆ 남친 : "남자친구"的縮寫

◆ 떨어지다 : 分開，分離

◆ 사이 : （人與人的）關係，之間

질투하다 吃醋，嫉妒 ♫044

例子

(1)

A : 내 여자친구는 내가 다른 여자와 이야기만 해도 질투해.

B : 몰랐어? 여자는 질투의 화신이야.

A：我只要跟其他的女生說一句話，我女友就會吃醋。

B：你不知道嘛？女人就是嫉妒的化身啊。

(2)

한국에는'사촌이 땅을 사면 배가 아프다'라는 속담이 있는데 이 말은 다른 사람을 질투함을 의미한다.

韓國有句俗話說"親戚買地，肚子就痛"，表達的就是嫉妒的意思。

◆ 화신 : 化身

◆ 사촌 : 直譯為堂兄弟，堂姊妹，表兄弟，表姊妹。意譯為近親

◆ 땅 : 地，土地

◆ 속담：俗語，諺語
◆ 의미하다：表示，意味

韓國人的"四寸"

夫妻之間→零寸

我和父母之間→一寸

我和兄弟姐妹之間→二寸

我和父母的兄弟姐妹之間→三寸

我和父母的兄弟姐妹的子女之間→四寸

※夫妻之間的關係是世界上最親近緊密的，所以是零寸。同時如果是因為離婚而成為沒有任何關係的男女，也是沒有任何寸數可言。

스토커（stalker）尾隨者（含有變態的意味） ♫045

指對自己關心的對象非常執著，喜歡跟蹤和折磨對方，行為極為變態的人。**"스토킹하다"**則是表示該行為的動詞。

例子

A：요즘 그림자처럼 쫓아다니는 스토커 때문에 미치겠어요.

B：그렇게 심각해요？그럼 경찰에 신고해요.

A：最近我快要被那個像影子一樣，老跟著我的變態給折磨瘋了。

B：這麼嚴重啊？那就報警吧。

◆ 그림자：影子
◆ 쫓아다니다：追，跟
◆ 심각하다：嚴重
◆ 신고하다：報警

상사병 相思病 ♫046

例子

(1)

A：나 상사병에 걸린 것 같아.

B：뭐？상사병？그거 장금이가 와도 못 치료하는 불치병인데 큰일났다！

A：我好像得了相思病。

B：什麼？相思病？這種病就算是名醫也治不好啊，完了！

(2)

그 사람만 생각하면 잠도 못 자고 밥도 먹기 싫고 일도 하기 싫어요. 이거 상사병 맞지요？

只要一想起那個人我就茶不思飯不想、徹夜不眠，我是不是得了相思病了？

◆ 장금이：直譯為“長今”，意譯為“名醫”

◆ 불치병：不治之症，絕症

◆ 큰일나다：直譯為大事發生了，同糟糕了、不得了

기타 其他

자뻑 自戀狂 047

“**자（自）**”和表示因受到強烈刺激而無法自拔的“**뻑**”結合而成的新造詞，表示自命清高、自戀自大。“**공주병（公主病）**”、“**왕자병（王子病）**”就屬於這種類型。

例子

A：왜 ○○씨를 싫어해요？

B：○○씨？말도 하지 말아요. 소문난 자뻑이에요.

A：你為什麼討厭 XX 啊。

B：XX？別提了，那是個出了名的自戀狂。

◆ 말도 하지 말다：提都別提

◆ 소문나다：直譯為“（消息）傳開”，意譯為“聞名，有名”

폭탄（炸彈）恐龍 ♪048

1．指長相醜陋、身材肥胖的人。

2．在聯誼會或者相親的場合中長得對不起大家或者比較掃興的人。**"핵폭탄"**用來形容那些比**"폭탄"**更誇張的人。

例子

A：도대체 왜 싫은데？

B：완전히 폭탄이야. 꿈에서 볼까 무섭다！

A：到底為什麼不喜歡啊？

B：真的就是一個恐龍啊，我真害怕會夢到他！

◆ 완전히：完全，簡直

눈치 없이 끼다 當電燈泡 ♪049

"눈치가 없다"指遲頓、反應慢，**"끼다"**是指夾在中間，**"눈치없이 끼다"**就相當於中文的當電燈泡。

例子

A：너 왜 이렇게 둔해？

B：내가 뭘？

A：우리 둘 데이트하는데 니가 왜 눈치 없이 끼어？빨리 가！

A：你怎麼這麼遲鈍啊？

B：我又怎麼了？

A：我們兩個在約會，你怎麼當起了電燈泡？快走啦！

◆ 데이트하다：約會

미팅（meeting）聯誼會 ♫050

是指多位年輕男女（主要以高中生、大學生為主）聚在一起，以選擇自己想要的目標認識異性的聚會。有些外貌較出衆的帥哥美女通常都會成為衆人的焦點，因此聯誼上常常會出現多選一的情況。

例子

A：우리과와 건국대 경제학과 학생들이 미팅하기로 했어.

B：언제？나도 가도 돼？

A：당근 안 되지. 이번에는 과 미팅이니까 안 되고 내가 나중에 따로 소개팅 해 줄게.

A：我們系上要和建國大學經濟系學生舉辦聯誼。

B：什麼時候？我也可以去嗎？

A：當然不行，這次是系與系之間的聯誼，我下次再另外幫你介紹單獨聯誼。（指男女一對一的見面，若互有意思便有機會成為男女朋友，但和相親的意思不同）

◆ 경제학과：經濟學系

◆ 나중에：以後、改天

◆ 따로：私下的、特地的

韓國的名校及名系

서울대：首爾大學：國立綜合學院，法律系，經濟系，外交系，政治系等相關文科系和醫學系。

고려대：高麗大學：私立綜合學院，法律系，行政系，政治外交系，中文系，生命工學系。

연세대：延世大學：私立綜合學院，經營學系，經濟系，社會學系，心理系，政治外交系，牙醫系。

카이스트：Kaist：國立科學技術學院

포항공대：浦項工大：私立工業學院

女子大學中梨花女子大學最有名，很多總統夫人都是梨花女子大學的畢業生。

동성연애 同性戀 ● ● ● ♪051

例子

A：요즘 무슨 영화가 재미있어요？

B：요즘은 동성연애가 소재인 영화가 인기 있어요.

A：동성연애？별로인데.

B：그럼 우리 연극 볼까요？

A：最近有什麼好看的電影嗎？

B：最近同性戀題材的電影很受歡迎呢。

A：同性戀？沒什麼興趣。

B：那我們看話劇？

◆ 소재：題材，素材

◆ 인기：直譯為"人氣"，意譯為"（受）歡迎"

◆ 별로이다：不怎麼樣

◆ 연극：話劇

電影類型

액션영화：動作片	코메디영화：搞笑片
멜로영화：愛情片	서스펜스：驚悚片
SF영화：科幻片	애니메이션：（動畫）卡通片
공포영화：恐怖片	다큐멘터리：紀錄片

미인박명 紅顏薄命 ● ● ● ♫052

例子

A：미인박명이라고 나 30 살을 못 넘길 것 같아. 어떻게 해？

B：걱정 마, 내가 보기에 너는 100 살까지 장수할 것 같아.

A：人家說紅顏薄命，那我可能活不過 30 歲了，該怎麼辦呀？

B：別擔心，我看妳活到 100 歲都沒有問題。

◆ 넘기다：超過，越過

◆ 장수하다：長壽

楊貴妃 vs. 黃真伊 vs. 埃及豔后

楊貴妃、黃真伊、埃及豔后是韓國人眼中的三大美女。大家都知道楊貴妃是中國四大美女之一，從很早以前她就聲名遠播至韓國，被韓國人用來比喻美女。黃真伊是朝鮮時代的名妓，才貌雙全，是韓國具有代表性的美女之一。埃及豔后為古埃及國王的王后，以其貌美高傲聞名於世。"팜므파탈"是韓國近期興起的流行詞彙之一，指擁有致命魅力的危險女人，說白一點就是會毀了男人的美豔型女人，因此剛剛提及的三個女人皆屬於"팜므파탈"。

남 주기는 아깝고 나 갖기는 싫고
食之無味，棄之可惜

♫ 053

例子

A：좋으면 좋다, 싫으면 싫다, 태도를 분명히 해！

B：솔직히 말하면 남 주기는 아깝고 나 갖기는 싫어.

A：到底是喜歡還是不喜歡？態度要表明立場說清楚呀！

B：說實話就是食之無味，棄之可惜啊。

태도：態度

분명히 하다：表達清楚，說清楚

솔직히：坦率，坦白

연상연하 커플 姐弟戀 ♫054

"연상" 指女人比男人年齡大，**"연하"** 指男人比女人年齡小。

例子

A：세상이 참 많이 변했어요. 요즘에는 연상연하 커플이 유행이에요.

B：맞아요. 10 살이나 어린 남자와 사귀는 여자도 있어요.

A：現在的社會變化真的很大，最近開始流行姐弟戀了。

B：對呀，還有女人跟比自己足足小十歲的男人交往呢。

세상：世界，社會

유행：流行

이나：整整，足足

돌싱 離婚的單身 ♫055

"돌아온 싱글" 的縮略語，表示離婚後變成單身的人。

例子

A：그래도 잘 생각해 봐. 이혼이 애들 장난이냐！돌싱 아빠 되면 애는 어떻게 해…

B：그만해. 나 이미 결심했어.

A：再想清楚吧。離婚不是兒戲，變成了單親爸爸的話，那孩子怎麼辦……

B：別說了，我心意已決。

◆ 애들 장난：兒戲

◆ 결심하다：下定決心

CHAPTER 2

인물 묘사

品頭論足

CHAPTER 2

인물 묘사

品頭論足

못 생겨서 죄송합니다！
長得對不起大家！

호박, 메주 醜女 ● ● ● ♪056

“**호박꽃**（南瓜花）”外型碩大表面皺巴巴，看起來很不美觀，因此韓國有句俗話說：**“여자이니까 꽃은 꽃인데 호박꽃이다**（女人就算是朵花，也只是個南瓜花）”，所以**“호박꽃”**主要是形容那些長相不好看的女人。**“메주”**是製作醬料的材料，表面坑坑洞洞，所以也被用來形容醜女人。不過相對用來形容長相難看的男人的單字用語卻不多，實在是很不公平。

例子

A：그 여자 어떻게 생겼어？

B：외모는 좀 호박인데 성격도 좋고 마음씨도 착해서 그런대로 맘에 들어.

A：那個女的長得怎麼樣？

B：雖然長得不好看，但個性不錯心地也善良，所以還算滿意。

외모：外貌，相貌

마음씨：心地

그런대로：還算（可以）

맘에 들다：稱心，滿意

대머리 禿頭 ♫057

例子

A：요즘 머리가 너무 많이 빠져요. 이러다가 대머리 될 것같아.

B：그래,좀 심각하다！가발 하나 사야겠다！

A：最近掉髮掉得很嚴重。再這樣下去，早晚會變成禿頭。

B：是真的蠻嚴重的，需要買頂假髮了！

빠지다：脫落

이러다가：這樣下去

심각하다：嚴重

가발：假髮

전봇대, 말라깽이 身材高挑纖細的人 ♫058

"전봇대"是形容身材像模特兒般高挑的人，而**"말라깽이"**指的是很瘦的人。另外還可以用**"이쑤시게（牙籤）"**、**"젓가락**（筷子）**"**來形容又瘦又高的人。

例子

A：나 다음주부터 다이어트 시작할 거야！

B：뭐？너 지금도 말라깽인데 무슨 다이어트를 해？

A：下周起我要開始減肥了。

B：什麼？你瘦得跟竹竿一樣，還要減肥？

◆ 다이어트：減肥

우거지상 苦瓜臉，苦臉 ♫059

由**우는（哭的）**＋**거지（乞丐）**＋**상（相）**結合而成的單詞，形容眉頭緊鎖，讓別人深感不快的面容。

例子

A：무슨 일 생겼어？왜 또 우거지상이야？

B：수학 시험에 또 불합격했어.

A：發生什麼事了？怎麼又一副苦瓜臉啊？

B：數學考試又掛了。

◆ 수학：數學

◆ 불합격하다：不及格，不合格

科目名稱

국어：語文	지구과학：地球科學
도덕：(品德)公民	기술：（技術）工藝（男生學習的科目）
사회：社會	가정：（家庭）家政（女生學習的科目）
국사：歷史	체육：體育
수학：數學	음악：音樂
과학：科學	미술：美術
생물：生物	영어：英語
화학：化學	제 2 외국어：第二外語
물리：物理	

뚱보 胖子 ♫060

例子

A：우리 아이 비만 문제가 심각해요.

B：우리 아이도요. 뉴스를 봤는데 요즘은 초중고생 7 명 중1 명이 뚱보래요.

A：我家孩子的肥胖問題很嚴重。

B：我家孩子也是。我看過新聞了，說每 7 名中小學生就有 1 名是胖子呢。

- 비만：肥胖
- 뉴스：新聞，消息
- 초중고생：中小學生

욕심쟁이 貪心鬼 ♫ 061

例子

A：너는 무슨 돈 욕심이 그렇게 많아？

B：그래 나 욕심쟁이다！너는'돈 있으면 귀신도 부릴 수 있다'이 말 몰라？

A：你怎麼那麼愛錢啊？

B：對，我就是個貪心鬼！"有錢能使鬼推磨"這話你沒聽過嗎？

- 돈：錢
- 귀신：神，鬼神
- 부리다：使喚

말을 더듬다 結巴 ♫ 062

例子

A：회사 면접 준비는 다 했어？

B：다른 것은 문제 없는데 긴장해서 자꾸 말을 더듬어.

A：面試都準備好了嗎？

B：其他都沒有問題，只是太緊張了會結巴。

◆ 면접 ：面試

◆ 긴장하다 ：緊張

與語言有關的表達方法

낮 말은 새가 듣고 밤 말을 쥐가 듣는다：隔牆有耳

말 한 마디로 천 냥 빛 갚는다：一字千金

가는 말이 고와야 오는 말도 곱다：己所不欲，勿施於人

호랑이도 제 말하면 온다：說曹操曹操到

발 없는 말이 천리 간다：（謠言）不脛而走

말은 청산유수：說的比唱的好聽 /（說話）滔滔不絕

수다떨다 聊天 ♫063

話多的人被稱作 **"수다쟁이"**

例子

A： 동네 아줌마들이 우리 집에 모여서 하하,호호 아주 난리가 났어！

B： 아줌마들이 수다떨기 시작했으니 이야기가 끝도 없겠군！

A：社區裡的大媽們來到我家了，嘻嘻哈哈地好熱鬧。

B：大媽們一聊起天來就沒完沒了了。

◆ 아줌마：阿姨，大媽

◆ 모이다：集合，聚集

◆ 난리가 나다：直譯為“動亂，糟糕”，意譯為“熱鬧”

◆ 끝：盡頭，結束

各種笑聲

으하하하/푸하하하：放聲大笑

하하：最普通的笑聲

호호：女人的笑聲

허허：中年男子的笑聲

히히：嬉笑

흐흐：陰險的笑聲

킥킥：偷偷笑或者忍不住發出的笑聲

크크：可愛地笑

싸움닭 好鬥的公雞 ● ● ● ♫064

形容像鬥雞用的公雞一樣輕易就與別人發生衝突的人。

例子

A：너는 왜 저 여자만 보면 싸움닭으로 변해？
B：저 여우가 미운 짓을 하니까 그렇지！

A：你怎麼一看到那個女人就變得像隻好鬥的公雞一樣。
B：因為那個女人太討厭了。

◆ 변하다：變，變化
◆ 여우：狐狸
◆ 미운 짓：讓人感到討厭的動作或事情

싸가지 壞蛋（含有侮辱的意味） ♫ 065

由**싹（萌芽）＋아지（表示小的接尾詞“아지”，如“송아지”，“강아지”中的“-아지”）**結合而成。**“싸가지 없다”**是指花草樹木沒有芽，其引申意思為缺乏長成大樹的根本因素，換言之就是不具備做人的最基本的道德，相當於中文的沒禮貌、不像話、不上道、不懂規矩，也可寫為**“싸가지가 바가지다”**。這句話在韓國是男女老幼通用的，辱罵的程度比較輕，有些情況下可以不解釋為罵人的話。

例子

A：요즘 아이들은 우리 어릴 때와 달라서 싸가지가 없어！
B：아마 너 어렸을 때 너희 아빠도 너한테 그 말 했을 걸！크크！

A：現在的小孩子可不像我們當年，一點規矩都不懂。

B：恐怕你小時候你爸爸也是這麼說你的，呵呵！

◆ 다르다：不同，不一樣

◆ 아마：恐怕，可能

까칠하다 死板 ♫066

原意為粗糙，可與**"성격（性格）"**搭配表達性格死板、不夠圓滑之意。

例子

A：재는 성격이 저렇게 까칠해서 어느 여자가 좋아하겠어？

B：재 인기 많아. 쫓아다니는 여자가 한 트럭은 돼！

A：말도 안 돼！

A：他性格那麼死板，會有女孩子喜歡嗎？

B：他人氣可旺著呢，屁股後面跟著一卡車的女孩子。

A：根本不像話。

◆ 재：他（저 애的縮略形）

◆ 인기：人氣

◆ 쫓아다니다：追，跟

關於韓國人性格方面的小幽默

● (음식이 좀 늦게 나오면) 餐點晚送到的情況

外國人：今天的料理是豬排，主材料是豬肉，用鹽、胡椒調味，再用麵粉調和後再烤，味道……（邊聊天邊耐心等著餐點）

韓國人：現在才養豬嗎？怎麼還不上菜？

● (영화를 본 친구에게 내용을 묻는다) 向看過電影的朋友詢問電影的內容

外國人：那部電影怎麼樣？什麼內容啊？演員演技怎麼樣？（耐心地一一問道）

韓國人：（沒等聽完對方的話）啊，所以結局是什麼？

● (웹사이트가 3초 안에 안 열리면) 網頁 3 秒之內打不開的情況

外國人：……（默默地等待）

韓國人："慢死了"，生氣地把網頁關掉。

上述的情境對比雖只是小幽默，但充分顯示了韓國人的急性子。據說外國人到韓國後學得最快的就是"빨리빨리（快點，快點）"。

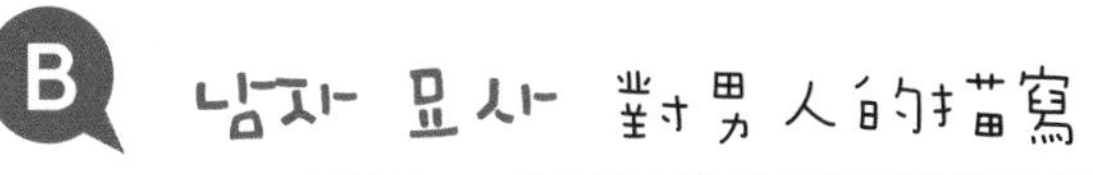

마마보이（mama's boy）媽寶 ♫ 067

指沒有獨立行動能力，總是依賴媽媽的男人。

例子

A：저 사람은 엄마 말이면 무조건 믿고 따르는 마마보이야.

B：결혼도 한 것 같은데 아직도'엄마！엄마！'라고？남자 맞아？

A：那個人只要是媽媽說的話都會無條件地聽從，真的是媽寶。

B：好像也結婚了，但還是會像孩子一樣"媽媽！媽媽！"的叫？這是男人嗎？

◆ 무조건：無條件

◆ 믿다：相信

◆ 따르다：跟從，順從

俗話說女人的眼淚是武器，那麼男人的眼淚呢？

韓國社會依舊是一個男尊女卑的社會。家庭的重大事情經常是由家長，即男人說了算。韓國男人為了維護自己一家之主的尊嚴，不會輕易顯露出自己柔弱的一面。韓國有句俗語，"남자는 일생에 딱 세 번 운다（男人一生只流三次淚）"，意思是說男人只有在出生、父母去世、國家滅亡的時候才可以流淚。所以男人的眼淚會用"뜨거운 눈물（熱淚）"來形容，強調男人的眼淚與女人的眼淚有所不同，是"沒有任何虛情假意的真誠的眼淚"。下面我們就來看看韓國語中有關眼淚的表達方式吧。

與眼淚有關的表達方式

울보：動輒流淚的人，愛哭鬼

악어의 눈물：鱷魚的眼淚，虛偽的眼淚

눈물을 글썽이다：熱淚盈眶

눈물 바다：哭得很厲害，到了淚流成海的程度

기생 오라비 油頭粉面的男人 ♫068

衣著華麗，花枝招展的男人，含貶義。

例子

A：저 사람은 말투도 옷차림도 좀 그래.

B：맞아, 기생 오라비 같은 것이 정말 비호감이야.

A：那個人說話的語氣和打扮有些怪。

B：對呀，油頭粉面的真得讓人倒胃口。

◆ 말투：語氣，口氣

◆ 옷차림：穿著，穿戴

◆ 비호감：沒有好感，讓人感到討厭

버터왕자（奶油王子）奶油小生 ● ● ● ♫069

例子

A：괜찮은 사람이 하나 있는데 소개해 줄까요？

B：어떤 사람인데요？

A：집안도 좋고 학벌도 괜찮고 다 좋은데 조금 느끼해요.

B：버터왕자？됐어요！

A：有個條件還不錯的人，介紹給妳認識？

B：是什麼樣的人呢？

A：家庭條件、學歷都不錯，就是有些肉麻。

B：奶油小生啊？算了吧！

◆ 집안：家庭條件

◆ 학벌：學歷

◆ 느끼하다：油膩，肉麻

◆ 됐어：算了

근육맨 肌肉男 ● ● ● ♫070

例子

A：너 남자가 이렇게 비리비리해서 어떻게 해？

B：기다려 봐. 나 요즘 헬스하고 있으니까 나도 곧 근육맨 된다！

A：一個男的還這麼弱不禁風怎麼行啊？

B：等著瞧吧，我現在正在健身，馬上也會變成肌肉男。

◆ 비리비리하다：弱不禁風

◆ 헬스：健身

◆ 근육맨：肌肉男

황소고집 固執 ♫071

例子

A：싫어！싫어！죽어도 안 해！

B：너는 대체 누구 닮아서 이렇게 황소고집이야！

A：不要！不要！我死也不做！

B：你到底像誰啊？怎麼這麼固執啊？

◆ 대체："도대체"的縮略形，到底

◆ 닮다：像，像似

게이（gay）男同性戀 ♫072

例子

A：저 여자 누구야？정말 예쁘다！

B：맘에 들어？

A：응, 소개 시켜줘.

B：흐흐, 그런데 어떻게 하지？

A：뭘？

B：저 여자 남자야.

A：응！？

B：게이！

A：那個女人是誰啊？真漂亮啊！

B：喜歡嗎？

A：嗯，幫我介紹介紹吧。

B：呵呵，這該怎麼辦啊？

A：怎麼了？

B：那個女人其實是個男的。

A：啊？

B：是男同性戀。

相 關 單 詞

호모：與“게이”同意，指男同性戀者，但含有侮辱之意。

레즈비언：女同性戀

동성연애자：泛指同性戀，包含男女同性戀者

성전환자：變性人

색마 色鬼 ♫073

該單詞對應的漢字為“色魔”，雖然**“늑대（色狼）”**也常用來表達此意，但程度較**“색마”**輕。

例子

A：너 지금 어딜 봐？

B：아니，저……

A：하여튼 남자는 다 색마야！

A：你在看哪邊？

B：沒有呀……

A：反正男人都是大色鬼！

◆ 어딜：“어디를”的縮略形，哪裡

◆ 하여튼：不管怎樣，無論如何，反正

여자 묘사 對女人的描寫

글래머 豐滿型的女人 ♫074

無論高矮只要身材豐滿的女人都可以稱做**“글래머”**，身材高挑又豐滿的女人一般用**“쭉쭉빵빵”**來形容。

例子

A：타고난 글래머 몸매, 완벽한 S 라인, 나 너무 매력적이지？

B：또 시작했군！

A：與生俱來的豐滿身材，完美的S曲線，我是不是太有魅力了啊？

B：又來了！

◆ 타고나다：先天，天生

◆ 몸매：身材

◆ 라인：線，曲線

절벽 太平公主，飛機場 ♫075

"절벽" 原意為峭壁，形容女性的胸像刀削的峭壁一樣平坦。

例子

A：너 가슴에 뽕 넣었어？

B：티 나？

A：당연하지, 절벽이 하루 아침에 C컵이 됐는데.

A：你是不是放了胸墊？

B：看得出來嗎？

A：當然了，太平公主一夜之間變成了 C 罩杯，你說呢？

◆ 뽕：胸墊

◆ 티 나다：看得出來

◆ C컵：C 罩杯

여성적이다 女性化 ♫076

例子

A：저 사람이 여자야？머리부터 발끝까지 여성적인 데가 하나도 없어！

B：좀 그렇지？그런데 정말 여자라니까！

A：那個人是女人嗎？從頭到尾沒一處像女人。

B：確實有那麼點，不過她真的是女人。

◆ 머리부터 발끝까지：從頭到尾

◆ 데：地方

섹시하다 性感 ♫077

例子

A：너는 나 어디가 좋아？

B：다 좋아！심지어 발가락도 섹시해.

A：你喜歡我什麼地方啊？

B：什麼都喜歡，就連你的腳趾都那麼性感。

◆ 심지어 ：甚至

◆ 발가락 ：腳趾頭

계란형 얼굴 瓜子臉 ♫078

例子

A：제 얼굴에 어울리는 안경테 좀 추천해 주세요.

B：손님은 계란형 얼굴이니까 아무거나 다 괜찮아요.

A：請推薦適合我臉型的鏡框。

B：您是瓜子臉，每款鏡架都適合。

◆ 안경테 ：眼鏡架

◆ 추천하다 ：推薦

◆ 손님 ：客人，顧客

◆ 아무거나 ：什麼都

有關五官的描寫

在韓國形容長得漂亮的女人時經常使用“반짝이는 눈（一雙明亮的眼睛）”、“오똑한 코（高挺的鼻樑）”、“앵두같은 입술（櫻桃般的嘴唇）”，而形容男性時則多用“짙은 눈썹에 이목구미가 뚜렷하다（濃眉大眼）”。另外常用的表達方式還有“예쁘다”、“멋있다”。在中文裡可以用漂亮來形容男性，但在韓國用“예쁘다（漂亮）”形容男性則會傳達“長得像女人一樣的娘娘腔”的意思，所以不能用“예쁘다”來形容男性。

개미 허리 水蛇腰 ♫079

例子

A：엄마,도대체 허리가 어디야？운동 좀 해！

B：엄마도 20살 때는 개미 허리였어.

A：누가 믿어？

A：媽媽，你都沒有腰了，該做做運動了啦！

B：媽媽 20 歲的時候也曾有水蛇腰呢。

A：誰信啊？

◆ 허리：腰

◆ 믿다：相信

무다리 大象腿 ● ● ● ♫ 080

在韓國 **"무（蘿蔔）"** 是短又粗的象徵，所以自古以來女人又短又粗的腿都被稱作 **"무다리"** ，相反讓人賞心悅目的細長美腿被稱作 **"롱다리"** 。

例子

A : 너는 왜 항상 바지만 입어 ? 미니스커트 좀 입어 봐 ?

B : 나 놀려 ? 무다리인데 어떻게 미니스커트를 입어 !

A：你怎麼總穿褲子啊？也穿看看迷你裙吧？

B：你在開玩笑？我這大象腿怎麼穿迷你裙啊！

◆ 바지 : 褲子

◆ 미니스커트 : 迷你裙

◆ 놀리다 : 耍，捉弄

9 등신 九頭身 ● ● ● ♫ 081

例子

A : 나 꼭 유명한 모델이 되겠어.

B : 개나 소나 다 모델해 ? 야 ! 너는 9 등신이 아니라 5 등신이야,5 등신 !

A：我一定要成為名模。

B：你以為模特兒是什麼人都能當的嗎？你啊，根本不是什麼九頭身，整個只有五頭身嘛！

◆ 모델：模特兒

◆ 개나 소나：阿貓阿狗

◆ 5 등신：五等身材，指比例不好的人

은쟁반에 옥구슬 굴러가는 소리 大珠小珠落玉盤，銀鈴般悅耳的聲音 ♫082

形容人的聲音像玉珠滴落在銀盤上一樣悅耳動聽。

例子

A：왜 그렇게 그 가수를 좋아해？

B：듣기만 해도 행복한 은쟁반에 옥구슬 굴러가는 목소리를 가졌잖아.

A：你為什麼那麼喜歡那個歌手啊？

B：她擁有一副讓人光是聽著就會感到幸福的悅耳嗓音。

◆ 가지다：擁有

애교 만점　可愛乖巧 ● ● ● ♫083

例子

A：요즘 왜 퇴근만 하면 바로 집으로 달려가요?

B：하하, 제가 요즘 애교 만점 딸 재롱 보는 재미에 푹 빠졌어요.

A：最近怎麼一下班就直奔家裡啊？

B：哈哈，我最近被我可愛的女兒耍寶的樣子給迷住了。

◆ 퇴근하다：下班

◆ 재롱：逗人笑、行為表現可愛的樣子

◆ 재미：樂趣，滋味

◆ 푹 빠지다：被深深迷住，沉迷於

팔방미인! 全能女 ● ● ● ♫084

"팔방미인（八方美人）" 的意思不是只有外表漂亮，而是指無論是工作、學習、運動、性格等方面都非常出色的女人。

例子

A：내 아내는 이것도 잘하고 저것도 잘하고 못하는 것이없어. 그야말로 팔방미인이야.

B：이 팔불출.

A：我老婆無所不能，簡直就是個全能女。

B：你真沒用。

◆ 그야말로：實在，簡直

◆ 팔불출(八不出)：沒用的人

변덕이 죽 끓다 善變 ♫085

例子

A：여자들은 정말 알 수가 없어. 하루에도 몇 번씩 변덕이 죽 끓어.

B：여자만 그래？남자들도 만만치 않아！

A：女人真的太讓人捉摸不定了。一天中不知道要變幾次。

B：不只是女人吧？連男人也是呀！

콧대 높다 高傲，自命清高 ♫086

當一個人輕視別人或抬高自己的時候都會抬高下巴俯視別人，將鼻子朝向天空，所以形容那些自命非凡、自以為了不起的人就用 **“콧대가 높다”** 。

例子

A：사진 속 이 여자 누구예요？미소가 정말 환상적이에요.

B：우리반 반장이요. 공부도 잘하고 얼굴도 예쁜데 콧대가 63 빌딩보다 더 높아요.

A：照片中的這個女人是誰？笑得真好看。

B：是我們班的班長。功課好長得也漂亮，就連鼻子也比那六三大廈還要高呢。

◆ 미소：微笑
◆ 환상적이다：夢幻般的
◆ 반장：班長
◆ 63 빌딩：六三大廈

韓國最高的建築物

韓國最高的建築物是高達 261 公尺 69 層的“Tower Palace”。一般來說世界各地最高的建築物幾乎都為商用建築，而韓國最高的建築及第二高建築“Hyperion（256 公尺，69 層）”均為住宅。作為商用建築第三高建築的六三大廈（249 公尺，60 層）則是人們觀賞首爾夜景和一覽首爾全景的常去之處。

여우 聰明女，狐狸精 ♫087

這個單詞有褒貶兩層含義，褒義指聰明伶俐的女人，貶義指狐狸精。

例子

A：너는 곰같은 여자가 좋아？여우같은 여자가 좋아？
B：여자인데. 그래도 곰보다 여우가 낫지.

A：你比較喜歡像熊一樣老實的女人，還是喜歡像狐狸一樣伶俐可愛的女人？
B：都是女人，所以狐狸總比熊好吧。

◆ 곰：熊，比喻少言寡語、行動遲鈍、不受男人歡迎的女人。

◆ 그래도：還是

◆ 낫다：好，強

相關的表達方法

꼬리 아홉 달린 여우：九尾狐。女人勾引男人，多用“꼬리치다（搖尾巴）”來形容，九條尾巴一起上陣，其場面可想而知。所以韓國人把善於勾引男人的女人叫做“꼬리 아홉 달린 여우”。

여우하고는 살아도 곰하고는 못 산다：寧與一起狐狸生活，也不願與熊生活。這裡所指的狐狸喻指思維敏捷、反應迅速的機靈女，而熊則喻指思維遲鈍、行動笨拙的女人。換言之是說機靈的女人要比遲鈍笨拙的女人受歡迎。

여우 같은 마누라,토끼 같은 자식：狐狸般的妻子，兔子般的兒子。在韓國人看來狐狸是種機靈可愛的動物，所以韓國男人期望自己的妻子能像狐狸一樣聰明伶俐。同樣，兔子是可愛乖巧的動物，韓國人希望自己的子女能像兔子一樣乖巧聽話。所以假如韓國人對你說，你老婆像狐狸，你兒子像兔子，便是稱讚你。

기타 其他

얼짱，臉蛋最漂亮的人；몸짱，身材最棒的人 ♫ 088

“짱”含有最、第一的意思，是現代韓國年輕人最常使用到的詞

彙，但這個詞在字典中找不到解釋，就連韓國人本身也不確定這個詞的來源。**“짱”**可與**“얼굴（臉）”**、**“몸（身材）”**結合表示臉蛋最漂亮的人、身材最棒的人（指肌肉發達的男人和高挑纖細的女人）。相反的，醜陋的人叫做**“몸얼짱”**，身材很糟糕的人叫做**“몸꽝”**。

例子

A：내가 얼짱은 아니지만 이 정도면 몸짱은 되지？

B：뭐，그런대로.

A：雖然我長得不算是最漂亮的，但身材應該是很讚的吧？

B：還可以啦。

◆ 그런대로：馬馬虎虎，還算可以

새가슴 心胸狹小，膽小如鼠 ♫089

比喻膽小或心胸狹窄的人。

例子

A：내가 무서운 이야기 하나 해 줄게요.

B：싫어요！나 새가슴이에요. 무서운 이야기 들으면 밤에 화장실도 못 가요.

A：我告訴你一個恐怖的故事。

B：不要！我很膽小，聽了恐怖故事後，晚上就不敢上廁所了。

◆ 무섭다：恐怖，害怕

◆ 화장실：廁所

간이 붓다 膽子大；간이 콩알만 하다 膽子小 ♪090

"간이 붓다"字面意思為肝腫了，引申為肝大，相當於中文的膽大，韓國人稱讚別人勇敢、無所畏懼的時候用肝大而不是膽大來形容。相反，**"간이 콩알만하다"**用肝像豆粒大小一樣來喻指膽小如鼠。

例子

A：어제는 거짓말 해서 미안해.

B：야！너 간이 부었구나？어떻게 눈 한번 안 깜빡하고 나를 속여？

A：對不起我昨天說謊了。

B：你也太大膽了吧？說謊都不眨眼地就騙了我嗎？

◆ 깜빡하다：眨眼

◆ 속이다：欺騙，隱瞞

與身體器官及身體部位有關的表達方式

심장이 내려 않다：受到驚嚇

허파에 바람이 들다：“허파”指肺，形容一個人無緣無故的笑。

위대하다：其實該詞意為偉大，但還可根據字面意思解釋為胃大，食量大。

간이 크다：膽子大

배가 아프다：肚子痛，指受不了別人比自己好，嫉妒心很重。

피도 눈물도 없다：冷漠無情

간도 쓸개도 없다 懦弱 ♫091

字面意思為沒肝沒膽，喻指沒有勇氣和膽量，用來形容一些人受到別人欺侮也不反抗，只會忍氣吞聲。

例子

A：저렇게 너를 무시하는데 참기만 해？너는 자존심도 없어？

B：그래！나 간도 쓸개도 없으니까 그만해！

A：對你這麼無禮，你也能忍受？你還有沒有自尊啊？

B：對！我就是懦弱無能，別再說了！

무시하다：無視，看不起

참다：忍耐，忍受

자존심：自尊心

팔자 걸음 八字步 ♫092

比喻走路姿勢不好看。

例子

A：너는 다 좋은데 그 걸음을 고쳐야 해.

B：나도 알아,이 팔자 걸음 때문에 하이힐도 못 신어.

A：你其他方面都很好，就是要把走路的姿勢改一改。

B：我也知道，我這走路姿勢害我連高跟鞋都沒辦法穿。

걸음：腳步，步伐

고치다：改正，糾正

하이힐：高跟鞋

촌닭 土包子 ♫093

由“**촌**（村）”、“**닭**（雞）”結合而成，喻指土裡土氣的人。

例子

A：이거 어제 산 새 옷인데 어때？

B：어휴！촌닭. 너 정말 옷 보는 눈 없다！

A：這是我昨天買的衣服，覺得怎麼樣呢？

B：哎呀！太土了吧，你真沒眼光！

◆ 보는 눈이 없다：沒有眼光，"보는 눈이 있다"則表示有眼光

꾀죄죄하다 蓬頭垢面 ● ● ● ♪094

例子

A： 니 꼴 좀 봐！꾀죄죄해서…… 도대체 며칠을 안 씻은 거0

B：오버하기는. 딱 하루 안 씻었다！

A：你看看你！蓬頭垢面的……到底幾天沒洗澡了？

B：哪有那麼誇張？才一天沒洗而已！

◆ 꼴：樣子，模樣

◆ 오버하다：誇張

◆ 딱：不多不少，正好

세련되다 優美的；文雅的；有教養的 ♫ 095

例子

A：그 사람 어디가 좋은데？

B：잘생긴 얼굴,완벽한 성격,세련된 말투,무슨 설명이 더 필요해！

A：你喜歡他哪一點？

B：長得漂亮、個性又好、說起話來又有氣質，還需要再多加說明嗎？

- 완벽하다：完美，完善
- 세련되다：優美的；文雅的；有教養的
- 말투：語氣，口氣
- 설명：說明，解釋

옷걸이 衣架子 ♫ 096

"옷걸이" 本來指衣架，**"옷걸이 좋다"** 喻指身材好，穿衣服好看的樣子。

例子

A：이 옷 한번 입어 봐.

B：안 입어 봐도 돼. 나는 옷걸이가 좋아서 뭘 입어도 다 멋있어.

A：試穿這件衣服吧。

B：不用試穿也可以。我天生就是衣架子，穿什麼都好看。

멋쟁이 指穿著流行的潮人 ♫097

例子

A： 와！여기가 어디인데 이렇게 화려한 사람들이 많아요？

B：명동이요. 서울의 멋쟁이들은 다 이곳에 모여요.

A：哇？這裡是哪裡？怎麼這麼多穿著時尚的人？

B：這裡是明洞呀，首爾的潮人都會來這裡。

◆ 화려하다：華麗

◆ 모이다：集合，聚集

首爾的熱鬧地區

明洞位於首爾的中心地帶，相當於台北的忠孝東路。由於明洞是首爾早期發展的地方，所以其街道都較為狹小，街道兩旁比較多是小規模的商店，幾乎看不到類似百貨公司的大型商場，但小巷裡的小店卻是逛明洞時不可錯過的去處。

狎鷗亭也是在首爾裡一個熱鬧的地方，一到晚上便會有許多穿著流行時尚的年輕人聚集在這，可以說這裡晚上匯集了首爾所有的潮人。明洞是一般年輕人會出沒的鬧區，而狎鷗亭則是追求奢華的年輕人聚集的地方。

弘益大學也是個熱鬧的地方，其校區附近有許多現場 Live Club、酒吧、咖啡廳等等，是大學生們經常出沒的地方。

맥주병 指不會游泳的人、旱鴨子 ♫098

韓國人把不會游泳的人比喻成 **“맥주병”** 的說法沒有確切的依據可循，只是傳說很久以前的啤酒瓶若掉進水裡是會往下沉的，因此有此一說。

例子

A：나 거금 써서 최신 유행 비키니 한 벌 샀어.

B：너 맥주병이잖아？비키니는 사서 뭐해？

A：我花了不少錢買了一件最新款的比基尼。

B：你不是不會游泳？買比基尼做什麼呀？

◆ 거금：重金、大筆的金額

◆ 최신：最新

◆ 비키니：比基尼

손이 크다 (手大) 大方 ♫099

例子

A : 우리 할머니는 손이 커서 음식을 하면 꼭 이웃들과 나눠 먹어.

B : 그럼 동네 사람들한테 인기 많겠다 !

A：我奶奶很大方，總是做了好吃的東西會分給鄰居一起吃。

B：社區裡的鄰居們一定很喜歡你奶奶！

◆ 이웃 : 鄰居
◆ 나눠 먹다 : 分著吃, 一起吃
◆ 동네 : 村子, 社區

相關表達方式

손이 작다 : 小氣
손을 씻다 : 洗手不幹
손을 떼다 : 脫身，撒手不管
손을 놓다 : 放下工作不做
손이 맵다 : 打人很痛
손을 타다 : 被偷了
손에 넣다 : 得到
손이 빠르다 : 做事速度很快
손을 벌리다 : 伸手要（錢）
손이 부족하다 : 人數不夠
손 잡다 : 聯手，合作
손 보다 : 修理

韓國人的口頭禪“우리”

“우리”是韓國人的口頭禪，例如“우리 남자친구”、“우리 아내”、“우리 엄마”、“우리○○”等。“남자친구”、“아내”、“엄마”本來就不能用“我們的”方式來形容，但韓國人卻偏偏要加上“我們的”的方式，其實是有一點難理解，但是其實事出必有因。

韓國算是個小國，不僅領土面積小在加上人口與天然資源又少，周圍又有中國、日本、俄羅斯等強國，因使韓國人不得不時時刻刻保持著危機意識，除此之外還有與北韓的關係問題等。

在這樣惡劣的環境下，韓國若想尋求發展，就不得不要求人民要團結一致，因此在政府不斷向人民灌輸“우리”概念之後，“우리”就在不知不覺間成為了韓國人的口頭禪。

발이 넓다（腳寬）人脈廣 ♫100

比喻活動範圍廣，認識的人多。

例子

A：문제가 좀 생겼어. 도움이 좀 필요한데 아는 사람이 없어서 걱정이야.

B：○○에게 부탁해 봐. 발이 넓어서 여기저기 아는 사람이 많아.

A：最近出了一點問題，但認識可以尋求幫助的人不多，真的讓我很擔心。

B：去找 XX 看看，他的人脈很廣。

◆ 필요하다：必要，需要

◆ 부탁하다：拜託，請求

◆ 여기저기：(這裡那裡)表示到處

관련 표현 **相關表達方式**

발을 끊다：拒絕往來

발을 빼다：脫身

발을 들이다：涉足，加入

발을 붙이다：站住腳，立足

발 벗고 나서다：積極做

내성적，內向；외향적 外向 ・・・ ♫101

例子

A：새로 오신 담임선생님 성격은 어때?

B：성격이 시원시원해. 아주 외향적이야.

A：新來的級任老師個性怎樣呢？

B：個性很爽朗，非常地外向。

◆ 담임선생님：級任老師

◆ 시원시원하다：爽朗

뻔뻔하다 厚臉皮 ♫ 102

例子

A：미안해, 사과할게. 내가 잘못했어.

B：너 정말 뻔뻔하다. '미안해' 한 마디면 다 해결돼?

A：對不起，我向你道歉，我錯了。

B：你臉皮真厚，一句對不起就可以解決了？

◆ 사과하다：道歉

◆ 해결되다：解決

이기적 自私 ♫ 103

例子

A：앞으로 나만 생각하고, 내가 좋은 것만 하고, 나를 위해서 살겠어.

B：좀 이기적이지만 솔직해서 좋다!

A：從今以後我只會想到我自己，只做自己喜歡的事情，只會自己而活。

B：雖然有點自私，但很率直！

◆ 솔직하다：率直

사오정 耳聾，聽力不好 ♫104

“사오정（沙悟淨）” 源自於西遊記，在韓國人眼中的沙悟淨是聽力不好的，他不是聽錯就是聽不見別人說的話，這樣的沙悟淨應該是受韓國出版的《**사오정**》漫畫所影響的。

例子

A：뭐라고？

B：이 사오정！몇 번을 말해？이번이 마지막이니까 잘 들어！

A：你說什麼？

B：你耳聾啊！要我說多少遍啊？聽好了這是最後一遍了！

◆ 마지막：最後，最終

與沙悟淨有關的幽默

(1) 사오정이 비행기를 타고 여행을 갔다. 그런데 갑자기 사오정이 타고 있던 비행기가 추락하게 되었다. 그러자 여승무원이 사오정에게 ‘지금 비행기기 추락하고 있으니까 어서 대피하세요！’라고 말했다. 그러자 우리 사오정은 ‘음,저는 콜라로주세요！’라고 대답했다.

◆ 추락하다：墜落

- 여승무원：空服員
- 대피하다：躲避

(2) 저팔계가 사귀던 여자친구에게 채였다. 이유는 바로 얼굴이 너무 못생겼기 때문이다. 저팔계가 슬프게 우니까 손오공이 사오정에게 말했다. '저팔계가 너무 불쌍해. 니가 가서 위로해 줘!' 사오정은 손오공에게 물었다. '뭐라고 위로해?' 손오공은 '사람은 얼굴이 다가 아니야! 이렇게 위로해'라고 말했다. 사오정이 알았다는 듯이 고개를 끄덕였다. 사오정은 저팔계에게 가서 어깨를 토닥이더니 저팔계의 얼굴을 보며 말했다. '사람 얼굴이 아니야!'

- 저팔계：豬八戒
- 채이다：被甩
- 손오공：孫悟空
- 불쌍하다：可憐
- 위로하다：安慰
- 고개를 끄덕이다：點點頭
- 어깨를 토닥이다：拍拍肩膀

마음이 약하다 心軟 ♫105

例子

A：원래 거절하려고 했어. 그런데 마음이 좀 흔들려.

B：너도 참! 너는 마음이 약해서 큰일이야!

A：我本來想拒絕的，但又不忍心。

B：你也真是的！心太軟是個大問題呢！

◆ 거절하다：拒絕

◆ 흔들리다：動搖，搖動

◆ 약하다：弱，軟

◆ 큰일이다：是個大問題

相關的表達方式

마음이 따뜻하다/차갑다：心腸好/冷漠

마음이 넓다/좁다：心胸寬廣/狹窄

마음대로 하다：愛怎樣就怎樣、隨心所欲

마음에 들다：滿意、(因滿意而)喜歡

마음은 굴뚝 같다：心情迫切、心裡非常想做……

에 [게] 마음이 있다/없다：對……感興趣/不感興趣

와 마음이 맞다/안 맞다：跟……合得來/合不來

속이 터지다：心裡鬱悶

속이 타다：心裡著急

귀가 얇다 耳根軟 ♫106

例子

A：이 사람 말을 들으면 이것이 더 좋은 것 같고. 저 사람말을 들으면 저것이 더 좋은 것 같고. 뭘로 사지？

B：너는 귀가 얇아서 문제야. 빨리 결정해！

A：聽這個人說的好像這個東西很好，聽那個人說的好像那個東西也不錯，該買什麼呢？

B：你就是耳根軟，快點決定吧。

◆ 결정하다：決定

왼손잡이 左撇子 ♫107

例子

A：야！신기하다！어떻게 왼손으로 글씨를 써？

B：나 왼손잡이야. 그만 쳐다봐！내가 무슨 동물원 원숭이야？

A：哇，真神奇，你怎麼用左手寫字啊？

B：我是左撇子。別看了，我又不是動物園裡的猴子。

◆ 신기하다：神奇

◆ 쳐다보다：看，凝視

◆ 동물원 원숭이：動物園的猴子，喻指像動物園的猴子一樣可以隨便盯著看的對象

구두쇠 吝嗇鬼、小氣鬼 ♫ 108

據說古時有人心疼鞋底磨損就把鐵釘在鞋底，**"구두"** + **"쇠"** 而成的 **"구두쇠"** 由此得名。同義詞有專門形容男人的 **"짠돌이"**，以及專門形容女人的 **"짠순이"**。

例子

A：저 사람 어린 나이에 뭘 해서 저렇게 큰 부자가 됐어요?

B：소문난 구두쇠인데 어려운 이웃을 도울 때는 돈을 아끼지 않는대요.

A：那個人靠什麼年紀輕輕就這麼富有？

B：他是有名的小氣鬼，但聽說他幫助有困難的鄰居從不手軟。

◆ 소문나다：出名，聞名

◆ 아끼다：節省

CHAPTER 3

캠퍼스 라이프

校園生活

CHAPTER 3 캠퍼스 라이프

校園生活

죽었다! 시험 망쳤어!

死定了，考試考砸了！

수능시험 大學聯考 ♫109

是 **"대학 수학 능력 시험（大學修學能力試驗）"** 的縮略語。

例子

A：너 안색도 안 좋고 표정도 어둡다. 왜 그래？

B：수능시험이 내일모레잖아. 요즘은 걱정돼서 밤에 잠도안 와！

A：你臉色不太好表情也很怪怪的，怎麼了？

B：馬上要聯考了，最近因為太擔心了所以晚上總是失眠啊！

◆ 안색：臉色

◆ 표정：表情

◆ 어둡다：黑暗，暗淡

◆ 내일모레：明後天，表示(時間)快要到了

聯考的時候，要送這樣的禮物！

在韓國新學年是從 3 月份開始，所以聯考是在 11 月中旬進行。考試雖然只有一天，但卻是決定考生命運的關鍵時刻，所以聯考那天，韓國舉國上下都籠罩在緊張的氣氛中。上班族的上班時間會隨著聯考做出調整，股市開盤的時間也會相應延遲，就連上午的飛機也會停飛。考生父母會在淩晨五六點鐘起床到校門口把麥芽糖（엿）貼在校門上，校門頓時就被貼成了麥芽糖門"붙다（黏貼）"跟表示考試合格、及格的"붙다"是同音異義，而且麥芽糖黏性十足，一旦貼上就不會掉落，所以麥芽糖在聯考的時候很受歡迎，此外在校生為了給自己的校友加油不顧天氣寒冷，會光著身子高聲吶喊，向考生們行大禮以鼓勵考生。

說起聯考，自然就不能漏掉麥芽糖、糯米糕、叉子、斧頭、卷筒手紙等禮物，其中麥芽糖和糯米糕是借其黏性（붙다）祝願對方"꼭 붙으라（一定及格）"，叉子和玩具斧頭是祝福對方"잘 찍어라（答題命中率高）"，而捲筒手紙則是祝願對方"잘 풀어라（答題順利）"。

各種考試的名稱

기말고사：期末考試
중간고사：期中考試
모의고사：模擬考試
필기시험：筆試
구술시험：口試
실기시험：實際技能考試

（시험 문제를）찍다 猜題 ♫110

指做選擇題時猜題。

例子

A：시험지를 받았는데 아는 문제가 하나도 없었어.

B：그래서？

A：어떻게 해？그냥 눈 감고 다 찍었지.

A：考試卷發下來之後，我發現連一題都不會。

B：所以呢？

A：能怎麼辦？閉著眼睛猜題囉。

◆ 시험지：試卷

◆ 감다：閉上（眼睛）

컨닝하다 抄襲 ♫111

例子

A：너 뭘 그렇게 열심히 써？

B：컨닝 페이퍼！

A：뭐？너 간도 크다！컨닝하다가 걸리면 무조건 F야！

A：你寫什麼呢？寫的那麼認真？

B：小抄。

A：什麼？你膽子也太大了，抄襲被抓到的話一律不及格呀。

- 컨닝 페이퍼：小抄
- 걸리다：被發現
- 무조건：無條件，一律

시험을 망치다 考試考砸了 ♫112

例子

A：오늘 중간고사 성적표 나오지？오늘이 내 제삿날이다！

B：도대체 얼마나 못 봤는데？완전히 시험 망쳤어？

A：今天公布期中考試成績嗎？明年的今天就會是我的祭日。

B：你到底考得有多糟糕啊？完全考砸了？

- 중간고사：期中考試
- 성적표：成績單
- 제삿날：祭日

꼴찌 倒數第一 ♫113

例子

A：시험 결과 나왔지？이번에는 누가 꼴지야？

B：뭘 물어？너 아니면 나지. 크크！

A：考試成績出來了吧？這次誰倒數第一啊？

B：還用問嗎？不是你就是我，哈哈！

◆ 결과：結果

◆ 아니면：不是……的話

벼락치기 臨時抱佛腳 ♫114

原為"閃電"的意思，意指事前沒有做好充分的準備，而是在像閃電一樣短的時間內臨時準備的意思。

例子

A：그렇게 시험 때만 밤 새우면서 벼락치기로 공부해도 그내용을 다 기억해？

B：시험 보는 날은 기억이 나는데 하루 지나면 다 잊어 버려.

A：在考試前徹夜這樣臨時抱佛腳能記住嗎?

B：就考試那天記得，過後就全忘了。

◆ 밤을 새우다：通宵熬夜，也可叫做"밤을 새다"。

내용：內容

지나다：過

재수생（再修生）重考生 ♫115

例子

A：왜 울어？

B：나 대학 시험에 떨어졌어！

A：힘 내！실패는 성공의 어머니라고 하잖아. 내년에 다시 도전하면 돼.

B：흑흑！나는 내가 재수생이 될 줄은 꿈에도 몰랐어！

A：怎麼哭啊？

B：我聯考落榜了。

A：別洩氣，失敗為成功之母，明年再試一次也沒關係。

B：嗚嗚，我做夢都沒想過自己會成為重考生。

떨어지다：不及格，落榜

힘 내다：加油，奮力

실패：失敗

도전：挑戰

꿈에도 모르다：做夢都沒想過，想都沒想到

文化點滴

韓國有很多重考生。有些學生重考不是因為成績不好沒考上大學，反而是成績本來就不錯，但是因為沒有發揮到最好的實力而沒考上理想中的學校。韓國的重考生跟台灣一樣會到重考班準備明年的考試。

重考一年叫做"재수（再修）"，重考兩年叫做"삼수（三修）"，繼而是"사수（四修）"、"오수（五修）"（很少有人讀到"사수"、"오수"），人們也會開玩笑把這種情況叫做"장수（長修）"（與"長壽"同音）。

B 나 오늘 땡땡이 쳤어！
我今天翹課了！

왕따 被人孤立 ♫116

由 **"왕"**（王）" + **"따돌림**（排擠）" 組合而成，簡稱 **"왕따"**。**"왕따 시키다"** 是排擠、孤立某人的意思，而 **"왕따 당하다"** 是被人排擠，被人孤立的意思。

例子

A：너 왜 걸핏하면 친구들한테 화를 내？

B：걔들이 나를 열 받게 하잖아！

A：화 그만 내. 너 그러다가 왕따 된다！

A：你怎麼動不動就跟朋友生氣呀？

B：他們惹到我。

A：別再跟朋友發火了，再這樣下去你會被朋友孤立的。

◆ 걸핏하면：動不動

◆ 쟤들：他們（저 애들的縮略形）

◆ 열 받다：受熱，頭腦發熱，惹火

문제아 問題學生 ♫117

例子

A：너희 왜 또 주먹질이야？

B：선생님,주먹질은 무슨！그냥 말싸움만 했어요.

A：이 문제아！교무실로 따라와！

A：你們怎麼又打架了？

B：老師，我們沒有打架，只是在吵架而已。

A：你真是個問題學生，跟我來辦公室！

◆ 주먹질：動粗，打架

◆ 말싸움：吵架

◆ 교무실：教師辦公室

비행청소년 少年犯 ● ● ● ♪118

指犯罪或招致社會議論的初高中學生，問題程度比上面提及的問題學生要嚴重得多。

例子

정부는 비행청소년을 도와 건전한 청소년으로 성장할 수 있도록 하기 위하여 힘쓰고 있다.

政府正致力於幫助少年犯成長為思想健全的青少年。

◆ 정부：政府

◆ 건전하다：健全

◆ 성장하다：成長，長大

◆ 힘쓰다：用力，下工夫

수업을 빼먹다, 땡땡이 치다 翹課 ● ● ● ♪119

例子

A：수업 빼먹고 하루종일 어디를 쏘다녀？

B：그냥 좀 답답해서 바람 좀 쐤어！

A：你翹課了一整天去哪邊晃？

B：覺得心情有點不好，所以去散心。

◆ 쏘다니다：到處逛來逛去，到處瘋跑

◆ 답답하다：鬱悶

◆ 바람 쐬다：兜風，散散心

룸메이트（roommate）室友 ♫120

例子

A：새로 온 룸메이트 어때？

B：유럽 사람인데 우리와 생활습관이 달라서 좀 불편해.

A：新室友怎麼樣？

B：室友是個歐洲人，生活習慣跟我們不太一樣，所以有點不方便。

◆ 유럽：歐洲

◆ 생활습관：生活習慣

짝꿍　摯友 ● ● ● ♪121

例子

A：엄마！내가 바보 같아？

B：갑자기 무슨 말이야？

A：내 짝꿍이 나 보고 바보래！

A：媽媽！我像個傻瓜嗎？

B：怎麼突然冒出這麼一句話？

A：我好朋友說我是傻瓜！

◆ 갑자기：突然

◆ ~래：說

소꿉친구　小時候的玩伴 ● ● ● ♪122

指小時候一起玩耍過的朋友。

例子

A：내일 동창회에 갈 거지？

B：그럼 가야지. 10 년만에 소꿉친구들이 다 모이는데.

A：明天會去參加同學會吧？

B：當然要去。都十年了，小時候的玩伴們都會去。

◆ 동창회：同學會

그냥친구 普通朋友 ♫123

例子

A：둘이 사이 좋아 보인다. 누구야？남자친구？

B：남자친구는 무슨？그냥 친구야.

A：정말？

B：정말이라니까！

A：兩個人感情蠻好的，他是誰呢？男朋友嗎？

B：哪是男朋友啊？只是普通朋友。

A：真的？

B：我都說是真的了。

◆ 사이：關係，之間

삼총사 三劍客 ♫124

例子

A：저 세 사람은 같이 도서관 가고, 같이 밥 먹고, 하루종일 같이 있어！

B：쟤들 어릴 때부터 삼총사야.

A：那三個人總是一起去圖書館、一起吃飯，整天都膩在一起。

B：他們從小就是三劍客。

◆ 하루종일：一整天

어중이떠중이 친구 狐群狗黨 ♫125

例子

A：내 친구들이 뭐 어때서 또 타박해？

B：친구？그런 어중이떠중이 친구도 친구야？

A：我朋友怎麼了？怎麼又指責他們啊？

B：朋友？這種狐群狗黨也算朋友？

◆ 타박하다：指責，責怪

먹고 마시고 노는 친구 酒肉朋友 ♫126

例子

A：이 야밤에 또 어디 가？

B：친구 만나러 가.

A：또 그 먹고 마시고 노는 친구들？이놈아！정신 차려！

A：這麼晚了又要去哪兒？

B：見朋友。

A：又是那些酒肉朋友？你這個傢伙，清醒一點！

◆ 야밤：深夜

◆ 정신 차리다：振作精神，醒醒

其他

공부벌레 書呆子 ♫127

由**"공부"**＋**"벌레**（蟲子）**"**組合而成，嘲笑那些只知道學習的人。此外，還有**"돈벌레"**、**"일벌레"**、**"책벌레"**。

例子

A：무슨 수학문제가 이렇게 복잡해！야,이것 좀 봐 줘.

B：뭔데？야！내가 이렇게 어려운 문제를 어떻게 알아？우리반 공부벌레한테 가서 물어 봐！

A：這題數學也太難了吧！喂，幫我一下。

B：什麼？這麼難的題目我怎麼知道啊？去問問我們班那個書呆子吧。

◆ 복잡하다：複雜、困難

고딩 高中生 ♫128

高中生叫做“**고딩**”，初中生叫做“**중딩**”，小學生叫做“**초딩**”。

例子

A：누구인데 그렇게 깍듯하게 인사를 해！

B：나 고딩 때 담임선생님！

A：誰呀？這麼畢恭畢敬的。

B：我高中時的級任老師。

◆ 깍듯하다：畢恭畢敬

학원 補習班 ♫129

例子

A：우리 아이는 학교 끝나면 영어 학원, 영어 학원 끝나면 피아노 학원, 집에 돌아와서 저녁 먹고 숙제하면 밤 10시가 돼요.

B：요즘에는 초등학생도 만만치 않아요.

A：我小孩放學後要上英文補習班，然後還要上鋼琴班，回家吃飽做完功課就十點了。

B：現在的小學生也不是那麼好當的。

◆ 피아노：鋼琴

◆ 만만하다：容易，小事

열공모드 努力學習的狀態 ♫130

由 **"열심히"** + **"공부하다"** + **"모드（模式，機械用語）"** 組合而成，意思是說進入了努力學習的模式或狀態。

例子

A：너 오늘 평소와 다르다. 갑자기 왜 이렇게 열심히 공부해?
B：시험이 코 앞이잖아! 나 오늘부터 열공모드에 들어갔어.

A：你今天有點反常，怎麼突然這麼用功啊？

B：馬上就要考試了啊！從今天開始我要進入努力用功念書的狀態了。

◆ 평소：平時

◆ 코 앞이다：在眼前

◆ 들어가다：進入，開始

相關表達方式

우울모드：憂鬱狀態

해피모드：開心狀態

짜증모드：發脾氣的狀態；煩躁狀態

잠수모드：潛水模式，指不露面的意思

例子

A：어제는 하루종일 우울모드더니 오늘은 어떻게 갑자기 해피모드야?

B：하하, 돈 주웠어! 만 원.

A：昨天一整天都那麼陰沉憂鬱的狀態，今天怎麼突然就陰轉晴啦？

B：哈哈！我撿到了一萬韓元。

동아리, 서클（circle）社團 ● ● ● ♫131

兩個單詞所表達的意思相同，原本**"서클"**比較常用，但最近韓國掀起了"使用國語活動"，受此影響屬於韓國語土生土長的固有詞**"동아리"**變得更為常用了。

例子

A：우리 클래식 음악감상 동아리에 들어가자.

B：그 동아리는 여자들뿐이잖아! 생각 좀 해 보고.

A：我們參加古典音樂欣賞社吧。

B：那個社團不都是女生嗎？讓我再考慮考慮。

◆ 클래식：古典音樂
◆ 음악감상：欣賞音樂

호랑이 선생님 嚴師 ♫132

指嚴厲的老師。

例子

A：너희 지도교수님 아주 엄하지？
B：누가 아니래！우리 학교 제일 가는 호랑이 선생님이야.

A：你們導師很嚴格吧？
B：誰不是這樣說！那是我們學校嚴厲出名的老師。

◆ 지도교수：導師
◆ 엄하다：嚴格
◆ 제일 가다：第一，最有名

지각대장 遲到大王 ♫133

由 **"지각하다"** + **"대장（大將，**即**大王）"** 組合而成。

例子

A：너는 학교 다닐 때도 지각대장이었는데 회사에서도 매일 지각하냐？

B：3살 버릇 80까지 간다고 하잖아.

A：你上學的時候就是個遲到大王，上班了也每天遲到嗎？

B：不是說三歲看到老嗎？

◆ 회사：公司，單位

◆ 3살 버릇 80까지 간다：三歲看到老(韓國的諺語說，3 歲的習慣養成後，到 80 歲也都難改)

아르바이트 打工，勤工儉學 ♫ 134

例子

A：겨울 방학에 뭐 할 거야?

B：별 계획 없어. 그냥 아르바이트나 하려고.

A：寒假要做什麼啊？

B：沒什麼特別的計畫，就打工而已。

◆ 별：特別

◆ 계획：計畫，規劃

◆ 그냥：就那樣

CC 校園情侶 ♫135

CC 是 Campus Couple 的縮略語。

例子

A：저기 저 여학생이 우리학교 메이퀸이야.

B：그래？우리과 과대표하고 CC지？

A：那邊那個女孩子是我們學校的校花。

B：是嗎？跟我們班長是校園情侶吧？

◆ 메이퀸 ：may queen，指校花

◆ 과대표 ：系代表，班長

醜女大翻身

CHAPTER 4 미녀는 괴로워

醜女大翻身

못옷이 날개

人要衣裝，佛要金裝

화장발 指化妝後比化妝前漂亮效果 ♫136

"조명발" 也是人們經常使用的話，指人在燈光下顯得更漂亮。

例子

A：오！나의 천사！언제쯤 나를 한번 쳐다봐 줄까？

B：속지 마！저거 다 화장발이야. 화장 지우면 누구인지 몰 알아봐.

A：我的女神，什麼時候才肯看我一眼？

B：別被騙了！那都是化妝畫出來的，卸了妝後根本認不出來誰是誰。

◆ 천사：天使

◆ 속다：受騙，上當

◆ 화장 지우다：卸妝

文化點滴

韓國的上班族女性不論年齡大小，每天都化妝後上班。

在韓國，女性化妝被當作是一種禮儀，所以職場中很難找出素顏上班的女性，不過妝太濃也是一種失禮行為，大多數女性還是以淡妝為主。化妝是韓國女性日常生活的一部分，即便不是上班族，但只要外出都會化妝。不少非上班族的年輕女性喜歡化濃妝，上面我們提到過的"화장 지우면 누구인지 못 알아봐"就是專門用來諷刺那些妝化得太濃，卸裝後完全變成另一個人的人。此外，"화장을 떡칠하다"也可表達這種含義。

생얼 素顏 ♫137

由"생"+"얼굴"結合而成，指沒有化妝的面孔。

例子

A：대만에 온 후 가장 좋은 점이 뭐야?

B：한국에서는 늘 화장하고 출근해야 했는데 대만에 오니까 생얼로 다녀도 되고, 정말 편해.

A：來台灣後你覺得哪方面最好？

B：在韓國上班一定要化妝，但在台灣外出要素顏也可以，真的很方便。

◆ 좋은 점：好處
◆ 출근하다：上班

옷이 날개人要衣裝，佛要金裝 ♫138

例子

A：과연 옷이 날개다！그렇게 차려입으니까 완전히 다른 사람 같아.
B：당연하지！이게 얼마짜리 옷인데.

A：果真是人要衣裝，佛要金裝！你這樣一打扮，簡直判若兩人。
B：當然了，也不看看這是多少錢的衣服。

◆ 과연：果然
◆ 차려입다：精心打扮

복고풍 復古風 ♫139

例子

A：너 그 바지 정말 촌스럽다. 엄마 바지 입었냐？크크！
B：니가 유행을 알아？이게 바로 최신 유행하는 복고풍 스타일이라고.

A：你這條褲子可真的很土。是不是穿了你媽的褲子啊？哈哈！

B：你懂什麼啊？這就是最新流行的復古風。

◆ 촌스럽다：老土

◆ 최신：最新

◆ 스타일：風格，樣式

스타일 風格

♫ 140

例子

A：이 옷 어때？요즘 유행하는'공주 패션'이야.

B：그 스타일은 너한테 안 어울린다！벗어 봐,내가 한 번 입어 볼게.

A：這件衣服怎麼樣？是最近流行的"公主風"。

B：這種風格不適合你。脫下來，讓我來試穿看看。

◆ 어울리다：相稱，適合

◆ 벗다：脫，摘

미니스커트 迷你裙 ♫141

例子

A：엄마！나 나가요！

B：야！너 그 치마가 그게 뭐야？그게 옷이야？팬티 보이겠다！

A：엄마,올해는 미니스커트가 대세야！다른 여자들도 다 이렇게 입어.

A：媽！我出去了！

B：你穿的是什麼裙子呀？這也算是衣服？內褲都要被看到了！

A：媽，今年流行迷你裙，大家都這樣穿。

◆ 치마：裙子

◆ 팬티：內褲

◆ 대세：大勢所趨，流行

經濟不景氣與迷你裙

在韓國如果經濟不景氣，就會有裙子就會有變短的現象。這是因為人們口袋裡的錢少了，自然就會找便宜的衣服，而迷你裙因為衣料花費的少相對也比較便宜。但當經濟極度不景氣時，穿長裙的女性反而會變得多起來。這是因為由於極度的不景氣，女性們連打扮的情緒都沒有，而且為了賺錢，女性出席社會活動時更強調衣服的實用性，所以長裙的需求相對提高。雖然從裙子長短來判斷經濟好壞並不科學，但從大方向來看，確實有一定程度上的說服力，其實是很有趣的現象。

이브닝드레스 晚禮服 ♫142

例子

A：내일이 내 생일인데 뭘 입지？그래도 주인공인데 이브닝 드레스를 입어야 하나？

B：니가 무슨 여배우냐？아무거나 입어！

A：明天是我的生日，應該要穿什麼好呢？畢竟我也是主角，是不是該穿晚禮服呢？

B：又不是明星，隨便穿啦。

◆ 주인공：主人公，主角

◆ 아무거나：隨便什麼

코디하다 搭配（服飾） ♫143

例子

A：하얀색 바지에 검은 양말，이렇게 코디하면 어때？

B：촌닭！그렇게 코디하면 당근 너무 이상하지！

A：白褲子加黑襪子，這樣搭配可以嗎？

B：土包子！這樣搭當然很奇怪！

◆ 촌닭：鄉村的雞，土包子

◆ 당근：原指胡蘿蔔，但幾年前便就成為年輕人口中用來表達“當然”的流行語了。

하이힐 高跟鞋 ♫144

例子

A：그 하이힐, 도대체 몇 센티미터야? 그래서 걸을 수 있겠어?

B：말 시키지 마! 발 아파 죽겠어!

A：這高跟鞋到底有多高啊？這還能走路嗎？

B：別煩我，我的腳都痛死了。

◆ 센티미터：公分

各種度量單位

長度

나노미터 [nm] ：nanometer 奈米

마이크로미터 [μm] ：micrometer 微米

밀리미터 [mm] ：millimeter 公釐

센티미터 [cm] ：centimeter 公分

미터 [m] ：meter 公尺

킬로미터 [km] ：kilometer 公里

面積

밀리리터［ml］：milliliter 毫升

리터［l］：liter 公升

重量

밀리그램［mg］：milligram 毫克

그램［g］：gram 公克

킬로그램［kg］：kilogram 公斤

톤［t］：ton 公噸

체크무늬 格紋

♫145

例子

A：이거 어때？

B：별로야！체크무늬는 너한테 안 어울려.

A：그럼 이건？

B：그게 훨씬 낫다！

A：這個怎麼樣？

B：還好！格紋跟你不搭。

A：那麼這個怎麼樣？

B：這個好多了。

◆ 훨씬：（比較結果）更加

각종 무늬 이름 表示各種花紋的單詞

민무늬：素面，沒有花紋的
꽃무늬：花朵花紋
물방울무늬：圓點花紋
호피무늬：豹紋
체크무늬：格紋

패션쇼 時裝秀 ♫146

例子

A：어제 D백화점에서 패션쇼가 열렸는데 관객이 다 남자였어요.
B：의외네요！무슨 패션쇼였는데요？
A：수영복 패션쇼.
B：어쩐지！

A：昨天 D 百貨公司舉辦了一場時裝秀，可是觀衆都是男的。
B：真是出乎意料之外，什麼時裝秀啊？
A：泳裝秀。
B：難怪！

◆ 관객：觀衆
◆ 의외：意外，出乎意料

명품족 名牌族 ♫ 147

指專執於名牌的人，常用作貶義，形容那些本身不具備購買名牌能力卻偏要使用名牌的人。

例子

A：너 복권 당첨됐어？이거 정말 비싼 브랜드인데！

B：내가 명품족이냐？이거 가짜야！

A：你的彩券中獎了？這可是很貴的牌子啊。

B：我哪是什麼名牌族啊？這個是仿冒的啦！

key word

◆ 복권：彩券

◆ 당첨되다：中獎

◆ 브랜드：品牌

◆ 가짜：假的，仿冒

렌즈 隱形眼鏡 ♫ 148

例子

A：와！파란 눈동자！사람이 달라 보인다.

B：새로 나온 써클렌즈야. 괜찮지？

A：哇！藍色的眼睛！像變了個人一樣。

B：新出的有色隱形眼鏡，還不錯吧？

◆ 눈동자：眼珠

◆ 써클렌즈：有色隱形眼鏡

B 성형 미인

人造美女

성형수술 整型手術 ♫149

例子

A：뭘 그렇게 고민해？

B：작은 눈이 콤플렉스여서 성형수술을 하고 싶은데 부모님이 반대해！

A：니 눈？내가 보기에는 괜찮은데.

A：為什麼這麼煩惱的樣子呀？

B：眼睛小讓我很自卑，我想做整型手術，但父母不同意。

A：你的眼睛？我覺得還好呀。

◆ 고민하다：苦惱，傷腦筋

◆ 콤플렉스：自卑感

성형외과 整型外科 ♫150

例子

A：나 성형수술할 거야. 괜찮은 성형외과 있으면 소개 해줘.

B：성형수술？다시 생각해 봐. 후유증이 있을 수도 있어.

A：我打算要去整型，如果知道哪間整型外科還不錯的話，請介紹給我吧。

B：整型？再考慮一下吧！也許會有後遺症。

◆ 후유증：後遺症

韓國，整型共和國？

這種說法一點也不為過。在韓國整型手術的確很普遍。以前做整型手術的人僅限少數女演員，而現在雙眼皮手術或隆鼻手術已經非常地普遍了，我周邊就有許多人做了整型手術，如今整型手術甚至被評為送給高三學生的最佳禮物。韓國被稱為“整型共和國”，也許是因為韓國比較崇尚“外表至上主義”，在韓國長相不出衆的女性不會被重視。我有一位朋友就做了雙眼皮和隆鼻手術，她曾說過這樣一句話：“如果人生能有兩次，我絕對不會做整型手術，可惜人生只有一次，我也想受到重視”。

當然整型手術也許不會因為這樣一句話而被合理化，但面對朋友想獲得幸福的渴望，我只能以微笑面對，不過我要聲明我絕不是整型手術的支持者。

성형 미인! 人造美女 ● ● ● ♫151

例子

A：TV에 온통 성형미인 뿐이야. 너는 성형하는 거 어떻게 생각해？

B：글쎄. 왠만하면 하지 말아야지.

A：電視上的那些女人都是些人造美女。你對整型有什麼想法？

B：怎麼說呢？如果還算說得過去的話就不要做。

◆ 온통：全部，整個

◆ 왠만하다：還算說得過去、差不多、還好

쌍꺼풀 雙眼皮 ● ● ● ♫152

例子

A：너 그 쌍꺼풀,수술한거지？잘 됐다！어디서 했어？

B：무슨 소리야！ 100% 자연산이야！

A：你的雙眼皮是割的吧？不錯嘛，在哪裡割的？

B：什麼話呀？這是百分之百天生的。

◆ 자연산：自然的，天生的

各個部位的整容手術名稱

코 성형：隆鼻
（사각）턱 성형：（方臉）下巴整形
보조개 수술：酒窩手術
안면 윤곽 교정：面部輪廓整形、削骨
가슴 확대 수술：隆胸
지방 흡입：抽脂塑身

보톡스 肉毒桿菌 ♫153

例子

A：너 못 본 사이 젊어졌다！
B：티 나？
A：뭐가？
B：사실 나 보톡스 주사 맞았어.
A：아！그래서 젊어 보였구나！

A：沒看到你一陣子，變年輕了嘛！
B：很明顯嗎？
A：什麼？
B：其實我打了肉毒桿菌了。
A：噢！怪不得看起來年輕了。

◆ 젊다：年輕
◆ 티가 나다：看得出來

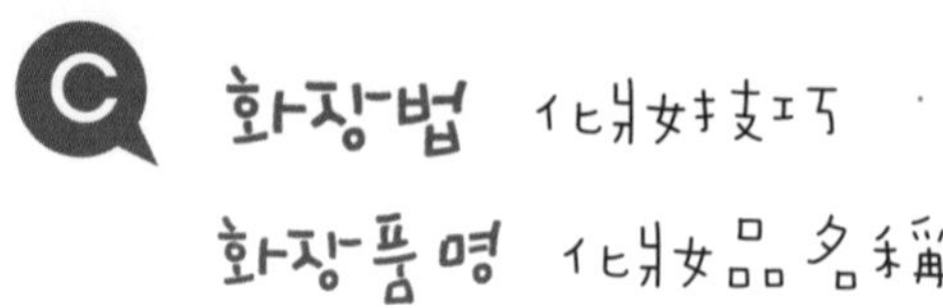

C
화장법 化妝技巧
화장품명 化妝品名稱

립스틱 口紅 ♫154

例子

A：깜짝이야！너 쥐 잡아먹었어？입술이 왜 그래？

B：뭐라고？생전 처음 빨간 립스틱 발랐는데 그렇게 말하냐？너 내 남자친구 맞아？

A：嚇死我了！你嘴唇怎麼那麼紅？怎麼塗成那樣？

B：你說什麼？我第一次擦紅色的口紅，你怎麼能那樣說呀？你到底是不是我的男朋友呀？

◆ 깜짝이야！：嚇了一跳

◆ 잡아먹다：抓來吃，“쥐를 잡아먹다”比喻女人嘴唇過紅。

◆ 입술：嘴唇

◆ 생전：生平，這一輩子

◆ 바르다：塗抹、擦

相關商品名稱

립글로즈：lip gloss, 唇蜜

립틴트：lip tint, 唇凍
립밤：潤唇膏
립라이너 펜슬：唇線筆

地鐵化妝高手

有一天一位住在韓國的西方朋友對我說：韓國女人好奇怪！我偶爾會看見一些女人在公車裡化妝。她們為什麼非要在地鐵或公車上化妝啊？之前我從來沒想過這有什麼不對，但聽她這麼一說，仔細想在外國人眼裡這樣做法的確會有些可笑。我解釋說：她們出門必須要化妝，但時間都用來賴床了，所以才這樣做的吧。那個朋友還是一臉疑惑樣。

我就有一位這樣有趣的朋友，每天早上都會賴床，結果只好頂著素顏的臉，頭髮濕漉漉地奔向地鐵站。一坐上地鐵就熟練地開始化起妝來，又是擦粉又是塗睫毛膏，完全不管身邊有沒有人，速度極快且非常精緻，我們都稱之為“地鐵化妝高手”。

아이섀도우 眼影 ♫ 155

例子

A：여름도 됐으니까 새로 아이섀도우 하나 사려고 하는데 무슨 색이 좋을까？
B：시원하게 파란색이나 보라색 어때？
A：因為夏天要到了，我想買一個新的眼影，什麼顏色比較好啊？
B：藍色和紫色看起來很清爽，怎麼樣？

◆ 보라색：紫色

관련 상품 명칭 相關商品名稱

아이펜슬：眼線筆

아이라이너：眼線液

아이크림：眼霜

마스카라 睫毛膏 ● ● ● ♫156

例子

A：아무리 해도 마스카라가 잘 안 올라가.

B：먼저 속눈썹 집게로 말아 올리고 다시 해 봐.

A：不管我怎麼刷睫毛膏，睫毛就是不往上翹。

B：先用睫毛夾一下再試試看。

◆ 속눈썹 집게：睫毛夾

◆ 말아 올리다：捲上去

睫毛膏的種類

볼륨 마스카라：濃密型睫毛膏

롱래쉬 마스카라：纖長型睫毛膏

워터프루프 마스카라：防水型睫毛膏

트윈케익 粉餅 ♫ 157

例子

A：저는 건조한 피부인데 어떤 트윈케익이 좋을까요?

B：이거 써 보세요. 건성용이니까 손님 피부에 맞을 거예요.

A：我是乾性肌膚，用哪種粉餅比較好？

B：試試看這個吧。因為是乾性肌膚用的，所以會比較適合您。

◆ 건조하다：乾燥

◆ 피부：皮膚，肌膚

◆ 건성：乾性

◆ 중성：中性

◆ 지성：油性

물광 메이크업 水潤妝感 ♫ 158

是指透過上淡妝，在鼻子、顴骨或下巴等部位塗抹有珠光的化妝品以突出臉部立體感，給人感覺水嫩有光澤的化妝方式。

例子

A：너 피부가 촉촉하고 반짝이는 게 오늘 정말 상큼해 보인다!

B：정말? 물광 메이크업한 효과가 있네.

A：你的皮膚水水嫩嫩、光采煥發，今天看起來真清爽透亮。

B：真的？這是因為水潤妝感的效果。

◆ 촉촉하다：水水嫩嫩

◆ 반짝이다：煥發光彩

◆ 상큼하다：清爽

◆ 효과：效果，成果

其他化妝技巧

투명 메이크업：裸妝。

핑크 메이크업：粉色妝，指在春天常化粉色系妝容。

스모키메이크업：煙燻妝，多在秋天或冬天採用。

其他化妝品名稱

스킨（토너）：化妝水

로션（에멀전）：乳液

에센스（세럼）：精華液

크림：乳霜

영양크림：營養乳霜

수분크림：保濕乳霜

BB크림：BB 霜

썬크림：防曬乳
맛사지크림：按摩霜
핸드크림：護手霜
메이크업베이스：隔離霜
파운데이션（컨실러）：粉底液
파우더：蜜粉
볼터치：腮紅
팩：面膜
폼클렌징：洗面乳
바디클렌저：沐浴乳
샴푸：洗髮精
헤어컨디셔너：潤髮乳

功能性化妝品

화이트닝（미백）：美白
보습（모이스쳐）：保濕
주름 개선：抗皺
탄력 증가（리프팅）：緊緻有彈力
자외선 차단：防紫外線
각질제거（스크럽）：去角質
노화 방지：抗老

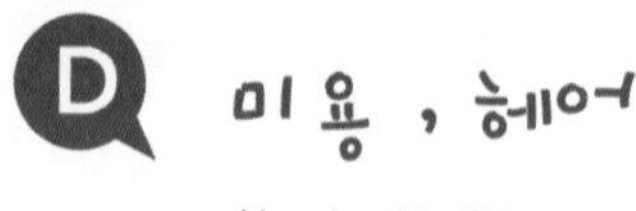

파마하다 燙髮 ♫159

例子

A：파마를 여러 번 해서 머리결이 다 상했어.

B：그래！완전히 돼지털 같다！

A：야！

A：因為燙了幾次頭髮，髮質都變壞了。

B：對呀，簡直就像豬鬃一樣。

A：喂！

◆ 머리결：髮質

◆ 상하다：受傷，受損

◆ 돼지털：豬毛（韓國語一般用豬毛（돼지털）或狗毛（개털）來形容發質不好的頭髮）

各種髮型

대머리：禿頭

생머리：直髮

곱슬머리：自然捲
파마머리：燙髮
물결머리：波浪捲
빡빡머리：光頭
상투머리：丸子頭
컷트머리：短髮（超短髮）
단발머리：短髮（過耳）
깻잎머리：斜瀏海

브릿지 넣다 挑染

160

例子

A：하하，너 머리가 왜 그래？얼룩 고양이 같다！
B：집에서 혼자 브릿지 넣었는데 망쳤어.

A：哈哈，你的頭髮怎麼了？像隻大花貓。
B：我在家自己做挑染了，結果搞砸了。

key word

◆ 얼룩：斑點，花斑
◆ 혼자：自己一個人
◆ 망치다：弄壞，搞砸

선탠 日光浴 ● ● ● ♫ 161

例子

A：아！따가워！건드리지 마！

B：왜 그래？

A：해변에서 선탠하다가 자서 등이 다 탔어.

A：啊！痛死了，別碰我。

B：怎麼了？

A：在海邊曬日光浴睡著了，結果背曬傷了。

◆ 따갑다：刺痛

◆ 건드리다：碰觸

◆ 등：背

◆ 타다：曬黑

身體各部位名稱

머리：頭，頭髮	귀：耳朵
눈：眼睛	목：脖子
코：鼻子	어깨：肩膀
입：嘴巴	가슴：胸部
배：肚子	엉덩이：屁股
등：背	다리：腿
허리：腰	무릎：膝蓋

팔：手臂
손목：手腕
손：手
손가락：手指頭
손톱：手指甲
발톱：腳指甲
허벅지：大腿
종아리：小腿
발목：腳踝
발：腳
발가락：腳趾頭

문신하다 刺青

♫162

例子

A：여자가 무슨 호랑이 문신을 해？니가 조폭이야？

B：하고 싶어. 같이 가 줄 거지？

A：女生刺什麼老虎呀？又不是黑社會的。

B：我想刺青，你會陪我去吧？

◆ 호랑이：老虎

◆ 조폭：黑幫

文化點滴

在西方國家紋身是一種時尚，但過去在韓國只有黑社會或流氓才會刺青，到現在為止刺青還是會給韓國人留下不好的印象，所以韓國女性很少人會去刺青。不過近年來韓國開始流行起暫時性刺青，也深受韓國女性的喜愛，因此到了夏天也漸漸可看到不少有刺青圖案的韓國女性。

다이어트 減肥 ♫163

例子

A：세상에！또 3kg 늘었어！나 저녁 안 먹어.

B：야, 내가 맛있는 떡볶이 만들었는데. 우리 오늘까지만 그냥 맘껏 먹고 내일부터 다이어트 하자. 응？

A：天哪！又胖了3 公斤！我不吃晚餐了。

B：可是我做了好吃的辣炒年糕了。那我們今天最後一次好好吃一頓，然後明天再開始減肥好嗎？

◆ 늘다：增加，增多

◆ 떡볶이：炒年糕

◆ 맘껏：盡情

各種減肥方法

운동 다이어트：運動減肥

식이요법：飲食療法

약물 다이어트：藥物減肥

한방 다이어트：針灸減肥

네일아트 美甲 ♫164

例子

A：여자 손이 이게 뭐야？

B：좀 거칠지？

A：핸드크림 좀 바르고 네일아트도 하고, 관리 좀 해！
이게 도대체 손이냐 발이냐？

A：這哪是女人的手啊？

B：是真的有點粗糙吧？

A：擦點護手霜、做一下指甲，好好保養啊！這到底是手還是腳呀？

◆ 거칠다：粗糙

◆ 핸드크림：護手霜

◆ 네일아트：美甲

◆ 관리：管理，有保養的意思

※ 매니큐어：指甲油 ，리무버：(remover) 去光水

E 체력은 국력

體力就是國力

헬스 健身 ♫165

例子

A：이 근육 좀 봐！어떻게 하면 근육이 이렇게 발달해？

B：나 3 년 동안 꾸준히 헬스했어.

A：看看這肌肉，怎麼練的？

B：我持續練了三年的健身。

◆ 근육：肌肉

◆ 발달하다：發達

◆ 꾸준히：堅持不懈地，不斷地

字典中找不到的運動項目

윗몸 일으키기：仰臥起坐

팔 굽혀 펴기：伏地挺身

턱걸이：拉單槓

오래 매달리기：吊單槓

멀리뛰기：立定跳遠

오래 달리기：長跑

라틴댄스 拉丁舞 ● ● ● ♫166

例子

A：아이고, 내 허리！

B：왜 그래？삐었어？

A：아니, 어제부터 라틴댄스 시작했는데 좀 무리했나봐.

아파 죽겠어！

B：운동 신경도 없는 애가…… 좀 조심하지！

A：哎呦，我的腰！

B：怎麼了，扭到了？

A：不是，我從昨天開始學跳拉丁舞，可能練過頭了，痛死我了。

B：真的是沒有運動細胞的人……。要小心點!

◆ 삐다：扭傷

◆ 무리하다：過分，勉強

◆ 운동 신경：運動細胞

各種舞蹈

라틴댄스：拉丁舞（차차차：恰恰；쌈바：森巴；룸바：倫巴）

재즈댄스：爵士舞

벨리댄스：肚皮舞

브래이크댄스：街舞

사교댄스：交際舞

요가 瑜伽 ♫167

例子

A：무슨 운동을 해야 살이 좀 빠질까？

B：요가해 봐. 보기에는 쉬워 보이지만 운동량이 많아서 다이어트에 도움이 돼.

A：做什麼運動能減肥呢？

B：試試看瑜伽吧。雖然看起來簡單，其實運動量還是很大的，對減肥很有幫助的。

◆ 살：身上的肉

◆ 빠지다：減小，脫落

◆ 운동량：運動量

其他運動名稱

팔라테스：皮拉提斯

에어로빅：有氧舞蹈

스쿼시：壁球

골프：高爾夫球

조깅：晨跑

기타

其他

군살 贅肉 ♫168

例子

A：어머！왜 이렇게 허리가 두꺼워졌어？

B：하루 종일 사무실에 앉아서 일만 하니까 배와 허리에 군살이 많이 생겼어.

A：天哪！腰怎麼這麼粗？

B：整天在辦公室裡坐著，所以肚子和腰上長了很多贅肉。

허리：腰

두껍다：厚，粗

사무실：辦公室

생기다：長出

여드름 青春痘 ♫169

例子

A：얼굴이 왜 그렇게 빨개？

B：보기 흉해？여드름이 너무 많이 나서 좀 짰어.

A：臉怎麼這麼紅啊？

B：很難看嗎？長了很多痘痘所以擠了一下。

빨갛다：紅

흉하다：難看，不像樣

짜다：擠

피부트러블 皮膚過敏 ♫170

例子

A：나는 피부가 약해서 피부트러블이 심해.

B：그럼 이 화장품을 한번 써 봐. 아주 순해.

A：我皮膚很脆弱容易過敏。

B：那就試試這個化妝品，很溫和的。

key word

◆ 약하다：弱，脆弱

◆ 순하다：沒有刺激，溫和

다크써클 黑眼圈 ♫171

例子

A：왜 그렇게 힘이 없어？눈 주위도 팬더 같아.

B：며칠 동안 불면증 때문에 잠을 못자서 다크써클 생겼어.

A：怎麼那麼有氣無力的？眼睛都快跟熊貓一樣了。

B：失眠好幾天了，睡不好覺就有黑眼圈了。

key word

◆ 주위：周圍，周邊

◆ 팬더：熊貓

◆ 불면증：失眠

찜질방 桑拿房 ♫ 172

例子

A：아이구！온몸이 다 아파. 운동을 너무 심하게 했나봐.

B：그럼 우리 찜질방 가서 몸 좀 풀까？

A：哎呦！全身痠痛，大概是運動過頭了。

B：那我們去桑拿房放鬆放鬆？

◆ 온몸：渾身

◆ 몸 풀다：消除疲勞

韓國的桑拿文化

在韓國"찜질방（桑拿房）"不只是蒸桑拿和洗澡的地方，也是家人、朋友、同事一起聚會休息的場所，是年輕人用來約會的地方。"찜질방"的英語解釋雖是 SAUNA（三溫暖），卻與桑拿有著許多不同之處。首先要在前臺領取換用 T 恤、短褲、毛巾後才能進入韓國的"찜질방"，韓國人因為毛巾拿在手裡不方便，於是便用毛巾把頭包住，紮成類似羊角的頭髮，同時還可擦去頭上的汗水，一舉兩得。在韓國"찜질방"有很多種類，有黃土房、炭房、鹽房、石頭房、玉石房等，人們可以根據自己的喜好選擇房間蒸桑拿，從浴室出來後可以進入一個大的休息室聊天或者到睡眠區睡覺。在休息室裡有賣烤雞蛋、紫菜飯捲、拌飯、海帶湯、速食麵、冷麵等飲食和各種飲料。一些大規模的"찜질방"内還設有視聽室、網咖、漫畫店、KTV、按摩室、健身房等設施，即使待上一天也不會無聊。"찜질방"的入場費價格不貴，男女老少都可以負擔得起。

돼지 목에 진주 목걸이 老母豬戴項鍊，好東西落入不適合人的手裡

♫ 173

貴重且美好的事物要配在與之相配的人身上，否則就只能像老母豬戴項鍊一樣顯得格格不入，有點類似中文的“鮮花插在牛糞上”的意思。

例子

A：어때？한달치 용돈 들여서 산 새옷！

B：돈이 아깝다！돼지 목에 진주 목걸이네！이리 줘 봐, 옷걸이 좋은 내가 한번 입어 볼게.

A：怎樣？這可是我花了一個月生活費買來的衣服！

B：真是可惜了這筆錢，也可惜了這件衣服。把衣服給我，讓天生衣架子的我來試穿看看吧。

◆ 한달치：一個月的

◆ 용돈：零用錢

◆ 들이다：投入，砸下

◆ 아깝다：可惜，心疼

◆ 옷걸이：衣架，身材

CHAPTER 5

먹고 마시고 놀고

吃喝玩樂

CHAPTER 5

먹고 마시고 놀고

吃喝玩樂

저녁에 한 잔 어때？

晚上來喝一杯吧？

러브샷 交杯酒 ♫174

例子

A：여러분, 저희 두 사람 다음 달에 약혼해요.

B：축하해요！예비 신랑과 신부는 축하하는 의미로 러브샷 하세요！

A：各位，我們兩個下個月要訂婚了。

B：恭喜！請準新郎新娘喝交杯酒來慶祝。

◆ 약혼하다：訂婚

◆ 예비：預備、指即將要成為某種身分的人，例如準爸爸（예비아빠）。

◆ 의미：意義

건배 乾杯 ♫175

中文的“乾杯”相當於韓文的**“원샷”**(One shot)，而韓文的**“건배（乾杯）”**不是指一口氣喝光的意思，所以跟韓國人喝酒的時候，即使舉杯高呼**“건배（乾杯）”**也不用一口氣喝光。

例子

A：바쁘신데 오늘 제 생일파티에 와 주셔서 정말 고맙습니다.

B：생일 축하합니다. 앞으로 더 건강하기시 바라면서 우리다 함께 건배합시다. 자,건배！

A：感謝你百忙之中前來參加我的生日派對。

B：祝你生日快樂！希望你的身體越來越健康！讓我們一起乾杯，乾杯！

◆ 생일파티：生日派對

술고래 酒量好 ♫176

鯨魚是世界上最大的動物，鯨魚一天的飲水量多得驚人，所以韓國人用鯨魚來比喻酒量大的人。

例子

A：주량이 어떻게 돼요？

B：저요？술고래예요. 소주 서너병은 문제 없어요.

A：您的酒量好嗎？

B：我？好得很，燒酒三四瓶都沒有問題。

◆ 주량：酒量

◆ 소주：燒酒

各種酒的名稱

맥주：啤酒

백주：白酒

황주：黃酒

양주：洋酒

청주：清酒

포도주（와인）：葡萄酒

샴페인：香檳

칵테일：雞尾酒

막걸리：米酒（韓國傳統酒的一種）

술주정 發酒瘋 ♫ 177

例子

A：여보세요！

B：친구야, 나야！

A：이 밤에 무슨 일이야？너 또 술 먹었지？또 전화해서 술주정하려고！이 웬수, 당장 끊어！

A：喂！

B：哥們兒，是我！

A：這麼晚了有什麼事？你又喝酒了嗎？又打電話發酒瘋！你這傢伙，馬上給我掛電話！

◆ 웬수：冤家

◆ 당장：立刻，馬上

◆ 끊다：弄斷，掛斷

폭탄주 深海炸彈 ♫ 178

指把洋酒和啤酒或燒酒混合在一起的酒。

例子

A：부장님, 속 어떠세요？

B：죽겠어.

A：무슨 폭탄주를 그렇게 많이 드셨어요？

B：그러게 말이야. 아이고！늙었어. 나 오늘부터 술 끊는다！

A：部長，肚子還好吧？

B：難過死了。

A：哪有人像你一樣喝這麼多深海炸彈呀？

B：這道是真的。哎呦！真是老了。從今天開始我要戒酒了。

◆ 속：裡面，在此指身體裡的腸胃

◆ 늙다：老

韓國的酒文化

韓國男性非常喜歡喝酒，喝酒文化也因此比較不同，例如“深海炸彈“、“換酒杯”（把自己喝過的酒杯倒酒後再給別人喝）、”第二輪”（一夜間數次更換喝酒的場所）、“勸酒行為”等，都是韓國特有的喝酒文化，這些行為在外國人眼裡會覺得很不可思議。

而且韓國人喝酒不像西方人那樣細細品嘗，反而是大口吃飯大口喝酒乾杯。韓國的燒酒約有17-20度，對於其他國人來說，燒酒的味道就像酒精一樣。

원샷하다（one shot）一口氣喝光 ● ● ● ♫ 179

例子

A：너 또 30 분이나 늦었어！자,벌주 3 잔 원샷！

B：3 잔을 어떻게 원샷해？한번만 봐 줘.

A：你又遲到半小時了！來，罰三杯全乾！

B：三杯全乾？請放過我吧！

◆ 벌주：罰酒

◆ 봐 주다：原諒，放過

韓國時間

和韓國人約會過的外國人大概都曾遇過對方遲到 10、20 分，甚至更久的經歷。這種約會遲到的行為或不遵守時間的習慣被稱作“韓國時間（Korean time）”，雖然並不是所有的韓國人都有“韓國時間”這種惡習，但的確有不少韓國人不遵守約定時間。

下面是我的“韓國時間”經驗：

我跟朋友約好了隔天早上九點在校門口集合，一起去孤兒院參加愛心捐獻活動，原本內心是充滿了滿腔熱血與強烈的使命感要參與這活動，但誰知道隔天醒來時竟然已經 8 點 45 分了。我顧不得洗臉刷牙這些一早起來應該要做的事情，急忙在 8 點 59 分時跑到學校門口，但沒想到竟然沒有看到其他人，心想難道大家都已經走了嗎？這時突然一聲“早安！你已經來啦？”A 姍姍來遲，還悠閒地慢慢走向我……”不會吧？竟然是我第一個到？”心中無名火油然而生起來，不過更讓人上火的事情還在後頭。9 點 15 分 B 到了，他還說“對不起對不起，塞車了”，但我心想“星期天哪裡在塞車？”。9 點 25 分 C 也到了，他連句對不起都沒跟大家說，真的是很過分。9 點 45 分 D 終於出現了，這傢伙更悠哉，還戴著耳機聽音樂邊吃紫菜捲飯……。真的讓人很火，我都還餓著肚子耶……。最後大家終於在十點出發……。

흑기사 護花使者 ● ● ● ♫180

指在酒桌上替女人喝酒的男人。替男人喝酒的女人叫做 **"흑장미（護草使者）"**

例子

A：저 술 잘 못 마셔요.

B：안돼요,이 잔은 꼭 마셔야 해요.

A：그럼 누구 흑기사 없어요？

C：이리 주세요,내가 대신 마실게요.

A：我不會喝酒。

B：不行，這杯一定要喝。

A：那有沒有誰願意當護花使者啊？

C：給我吧，我替你喝。

◆ 대신 ：代替

엉망이 되게 마시다 爛醉如泥 ● ● ● ♫181

例子

A：우리 오늘 취할 때까지 마시는 거야！자,건배！

B：그만 마셔！그렇게 엉망이 되게 마시면 내일 어떻게 출근해？

A：몰라,몰라！내일 일은 내일 생각해. 자,건배！

A：今天讓我們不醉不歸，乾杯！

B：別再喝了，喝得爛醉明天怎麼上班啊？

A：我不知道，我不知道啦！明天的事情明天再說吧！乾杯！

◆ 취하다：喝醉

◆ 그만：停止

음주 운전 酒後駕車 ♫182

例子

A：나 오늘 회식이 있어서 늦게 들어갈 거야.

B：여보！술 많이 마시지 말고 절대 음주운전하면 안돼요.

A：今天公司有聚餐，我晚點回去。

B：親愛的！別喝太多了，還有千萬不能酒後駕車啊。

◆ 회식：公司聚餐

◆ 여보：夫妻之間稱呼對方用語

◆ 절대：絕對

한 잔 드리다 敬酒 ♫183

例子

A：장인어른, 따님을 저에게 주셔서 감사합니다. 제가 한잔 드리겠습니다.

B：허허！고마워. 사위！내 딸 잘 부탁해！

A：岳父，感謝您把令嬡嫁給我。我敬您一杯。

B：呵呵！謝謝。女婿，那我就把女兒交給你了。

◆ 장인어른：岳父

◆ 따님：令嬡

◆ 사위：女婿

文化點滴

在韓國敬酒或者給長輩斟酒時要用雙手握著酒瓶，跟長輩喝酒時要把身體轉向一邊，因為讓長輩看到自己喝酒的樣子是不禮貌的表現。在台灣敬酒的時候都是一起喝酒，而在韓國敬酒的人一般不喝酒，只有被敬的人才喝酒。

瘋了，這怎麼喝啊？

有天我跟長輩們同桌一起喝酒，坐在對面的長輩幫我到了一杯酒，我按照韓國朋友交代我的話要轉身喝酒時，卻發現旁邊坐著爺爺，但我又轉向另一邊時，結果這邊坐著奶奶……。右邊不行，左邊也不行，那我要怎麼喝酒呀？難道要轉到後面喝嗎？還是要鑽到桌子下面喝呢？真的也太為難了吧！

這是一位嫁給韓國人的外國人所寫的書裡提到有關喝酒的趣事，的確這樣的情況真的是太為難了！

2 차 가다 去喝第二輪 ♫184

例子

A：2 차는 어디로 갈까？

B：맥주 한 잔 더 하자！

C：또 술이야！그냥 노래방 가자！

A：第二輪去哪兒？

B：去喝點啤酒吧。

C：還要喝酒？我們去 KTV 吧。

◆ 노래방：韓國的"唱歌房"，類似台灣的 KTV。

文化點滴

韓國人喝酒喜歡變換場所。一般第一輪可以只吃飯不喝酒，也可以邊吃邊喝。第二輪則會將場所換到酒吧、KTV、夜店等地，邊喝酒邊唱歌跳舞。第二輪的意思其實與中文的"第二攤"相同。

주색에 빠진 방탕한 생활 花天酒地 ♫ 185

例子

A : 아무리 돈이 많아도 이러면 안되지.

B : 그래, 너 이렇게 매일 주색에 빠진 방탕한 생활을 하다가는 금방 망한다.

A：錢再多也不是這樣花的。

B：是啊 ，你每天再這麼花天酒地下去一定會完蛋的。

◆ 아무리 ：無論如何，再怎麼

◆ 망하다 ：破產，完蛋

B 금강산도 식후경 吃飯皇帝大

금강산도 식후경 吃飯皇帝大 ♫ 186

金剛山位於北朝鮮，以風景秀麗著稱。**“식후경”**所對應的漢字“食後景”，這句話是說即使像金剛山這樣漂亮壯碩的風景，也必須要先填飽肚子後才會有心情去欣賞，表示吃飯的重要性。另外還有類似的說法**“먹고 죽은 귀신은 때깔도 좋다**（生前吃飽的鬼死後臉色都好看）。

例子

A：서두르지 않으면 오늘 안에 다 못하니까 빨리 해.

B：아이고！힘들어 죽겠다！금강산도 식후경이라고.
우리 먼저 밥부터 먹고 하자.

A：不再趕快的話今天就做不完了，快做。

B：唉唷！累死了！人家說吃飯皇帝大，我們先吃飯再做吧。

◆ 서두르다：趕緊，趕忙

◆ ~이라고：（某人）說

팍 팍 먹다 大口大口地吃 ♫187

例子

A：너는 무슨 남자가 입이 그렇게 짧아？팍팍 먹어！

B：입맛이 없는데 어떻게 팍팍 먹냐？

A：一個大男人怎麼還那麼挑嘴，大口大口地吃呀！

B：沒什麼胃口，怎麼大口吃呀？

◆ 입이 짧다：嘴巴挑

◆ 입맛 없다：沒胃口

相關表達方法

깨작깨작 먹다：心不在焉地吃

복스럽게 먹다：吃得很有福氣樣

허겁지겁 먹다：猛吃

벌컥벌컥 마시다：大口大口地喝

為什麼要把飯先泡在湯裡再吃？

剛來韓國不久的外國朋友看到我把飯泡在湯裡吃覺得很奇怪，其實每個國家飲食文化的不同，多少會讓不了解的外國朋友感到奇怪。

韓國有種叫做"국밥（湯飯）"的飲食，是用肉和蔬菜做的湯泡飯的一種飲食，價廉味美。其實可以依照個人的口味用任何湯來泡飯，甚至在沒什麼胃口時還可以用冷水泡飯吃。

먹을 복 있다 有口福 ● ● ● ♪188

例子

A：오전에는 친구 생일이어서 케이크 먹고, 오후에는 친구가 떡볶이 사 줘서 먹고, 집에 오니까 엄마가 도너츠해 줘서 먹고, 밤에는 아빠가 피자 사와서 먹고, 정말 하루 종일 먹었어！

B：오늘 먹을 복 있었네！

A：早上因為朋友的生日而吃了蛋糕，下午朋友又請吃了辣炒年糕，回到家後媽媽做了甜甜圈，晚上爸爸買了比薩回來吃，我真的是吃了一整天！

B：你今天口福不淺啊。

◆ 케이크：蛋糕

◆ 떡볶이：辣炒年糕

◆ 도너츠：甜甜圈

◆ 피자：pizza 比薩

식신 食神 ♫ 189

“**돼지**（豬）”是形容吃得多的人的貶義詞，而“**식신**”是形容食量大的人的褒義詞。

例子

A：너 도대체 혼자 몇 인분을 먹은 거야？

B：8 인분.

A：뭐？속은 괜찮아？

B：응,아무렇지도 않은데.

A：와！너 같은 식신은 정말 처음 본다！

A：你自己到底吃了多少人的飯啊？

B：8 個人的。

A：啊？肚子受得了嗎？

B：一點問題都沒有啊。

A：哇，像你這種食神我還是第一次見。

◆ 인분：份

◆ 속：裡面，這裡指的是肚子裡的腸胃

진수성찬 山珍海味 ● ● ● ♫ 190

例子

A：아침부터 웬 진수성찬이야？상다리 부러지겠다. 오늘 무슨 날이야？

B：오늘 니 생일이잖아！

A：今天一早就吃山珍海味？真的很豐盛，今天是什麼日子呀？

B：今天不是你的生日嗎？

◆ 웬：哪兒來的，為什麼

◆ 상다리 부러지다：桌腿折斷，形容飯菜豐盛

한턱 쏘다 請客 ● ● ● ♫ 191

也可叫做 **"한턱 내다"**。

例子

A：축하해요！이번에 과장으로 승진했지요？

B：네. 고마워요. 오늘 저녁은 제가 한턱 쏠게요.

A：恭喜啊，這次升課長了吧？

B：是啊，謝謝。今天晚上我來請客。

◆ 승진：晉升

기업의 직급 企業的職稱

사원：一般職員

대리：代理

과장：科長、課長

차장：次長

부장：部長

이사：理事（상무이사：常務理事；전무이사：專務理事）

부사장：副社長

사장：社長（相當於總經理）

부회장：副會長

회장：會長

비위 상하다, 밥맛 없다 倒胃口 ♫192

例子

(1)

A：이거 무슨 냄새야?

B：글쎄,무슨 냄새지? 아! 비위 상해서 밥 못 먹겠다.

A：這是什麼味道啊？

B：對呀，這是什麼味道？真倒胃口，沒辦法吃飯了。

(2)

A：김○○는 별것도 아닌데 왜 그렇게 잘난 척을 해?

B：그러게,정말 밥맛 없어.

A：金 ○○ 也沒什麼了不起的，為什麼那麼自以為是？

B：可不是嘛，真讓人倒胃口。

◆ 냄새 ：氣味

◆ 잘난 척하다 ：自大，擺架子

◆ 그러게 ：可不是嘛，說的也是

"不 要 香 菜"

"不要香菜" 只要是韓國人來台灣吃飯時會說的一句話。雖然韓國沒有香菜這種有特殊味道的菜，但他們卻有另外一種帶有強烈香氣的芝麻葉（깻잎），剛開始吃的台灣人會因為不習慣那種特

殊的味道而不敢吃，就像韓國人不敢吃香菜一樣，但韓國人熱愛芝麻葉的程度，就連久居在台灣的韓國人為了可以吃到芝麻葉，便在自家陽台上栽種方便可隨時吃到，可見他們狂熱的程度。

입이 짧다 挑嘴 ♫193

例子

A：왜 안 먹어？

B：내 입에 안 맞아. 안 먹을래.

A：기껏 만들어 줬더니 뭐라고？무슨 남자가 이렇게 입이짧아. 빨리 먹어！

A：怎麼不吃啊？

B：不合我胃口，不想吃。

A：我費了那麼多力氣做的，什麼？不合胃口？一個男的怎麼還那麼挑嘴，快吃！

◆ 기껏：好不容易，才

跟嘴有關的表達方式

입이 무겁다/싸다：守口如瓶/嘴快

입이 걸다：毫不顧忌地說粗俗的話、罵人的話

입이 나오다：嘟嘴

입이 귀에 걸리다：開心得合不攏嘴

입만 살다：光說不練

입이 궁금하다：想吃點東西、嘴饞

입을 모으다：異口同聲

입 닦다/씻다：封口

입에 맞다：合胃口

입이 하나 늘다/줄다：多一口人/少一口人

입이 방정이다：禍從口出

배 터지다 撐破肚皮 ♫194

例子

A：이렇게 많이 남았는데 뭘 또 시켜？

B：체력은 국력！많이 먹어.

A：야,배 터지겠다！

A：剩下這麼多，怎麼還又點餐呀？

B：體力就是國力！多吃點。

A：肚子都要撐破了。

◆ 남다：剩下

◆ 체력은 국력：體力就是國力，身體是革命的本錢

◆ 터지다：爆炸，撐破

짜장면 炸醬麵 ♫195

例子

A：오늘은 중국집에 가서 저녁 먹어요.

B：좋아요. 그런데 뭐 먹을까요？

A：중국 음식하면 짜장면이지요.

B：뭐？겨우 짜장면요？

A：짜장면이 어때서요？맛있고 싸고,내가 제일 좋아하는 중국 음식인데.

A：今天去中國餐廳吃晚飯吧。

B：好啊，吃什麼呢？

A：若吃中華料理的話，當然要吃炸醬麵。

B：啊？就吃炸醬麵啊？

A：炸醬麵怎麼了？好吃又不貴，這是我最愛吃的中華料理了。

◆ 중국집：中餐館

◆ ~하면：說起

在韓國最受歡迎的三種中華料理—炸醬麵、海鮮麵、糖醋肉

說起中華料理，韓國人首先會想到炸醬麵，炸醬麵的確是深受韓國男女老幼喜愛的餐點。

味美價廉的炸醬麵對韓國人來說不只是一種食物，還是伴隨韓國人一起度過艱難歲月、充滿著無限回憶的飲食，因此韓國人獨愛炸醬麵。但韓國炸醬麵因為已充滿了韓國人的口味，所以韓國炸醬麵和我們的炸醬麵其實事有很大的差異。

在韓國第二有名的中華料理便是海鮮麵了，鮮紅的辣椒湯配上碎肉、海鮮、蔬菜、麵，真的是很美味。不過老實說，我也不確定海鮮麵是不是真的來自於中華料理，至少韓國人的海鮮麵也只在韓國吃到而已……。

糖醋肉也是韓國人喜愛的中華料理之一，但其味道還是與正統的糖醋排骨稍有不同。

거식증 厭食症 ♫196

例子

A：프랑스에서 '거식증과의 전쟁'을 선포했어.

B：거식증이 뭔데？

A：너는 그것도 모르냐？

A：法國已經宣布向厭食症宣戰了。

B：厭食症是什麼？

A：你連這個都不知道？

◆ 선포하다：宣布

노세 노세 젊어 노세！

年輕萬歲！

나이트（클럽）夜店 ♫197

例子

A：일이 잘 안 돼？표정이 왜 그래？

B：말하려면 길어. 아！스트레스 쌓여. 우리 나이트 가자！

A：나이트？

B：가서 춤이나 추면서 기분 좀 풀어야겠어.

A：工作不順利嗎？怎麼那個表情？

B：說來話長。壓力真大，我們去夜店吧。

A：夜店？

B：去跳跳舞可以讓我放鬆轉換心情。

◆ 표정：表情

◆ 스트레스：壓力

◆ 기분 풀다：換換心情，放鬆放鬆

화투 치다 打牌 ♫198

例子

A：심심한데 화투 한 판 칠까？

B：내가 미쳤냐？너 선수잖아！

A：누가 선수야？얘가 사람 잡네！

A：好無聊，我們來打牌好嗎？

B：打牌你那麼厲害，跟你玩？我瘋了啊？

A：誰厲害啊？你真會冤枉人。

◆ 심심하다：無聊

◆ 판：局

◆ 선수：選手，內行，專家

◆ 사람 잡다：冤枉人家

文化點滴

花圖牌（화투，花圖、花牌）是韓國傳統的撲克牌，因為大多數的牌面上都有花的圖案，所以稱作花圖。在韓國花圖牌、撲克、麻將等都被認為是賭博行為而不是純粹的娛樂，所以只有在春節、中秋等節日全家人聚到一起時偶爾玩玩而已。除此之外，在喪家有時也會看到三五個男人聚到一起玩花圖的情景。一次一個外國人看到了這種情況，感到很驚訝，“太驚訝了！怎麼能在喪禮上玩這個呢？”。其實這其中也是有原因的。韓國的喪禮會舉行三天，通常與故人關係親近

的人們會一起度過一個晚上守夜以表對故人的追思，不過熬夜是很無聊枯燥的，而且又容易想睡覺，但是打瞌睡對故人是一種不禮貌的行為，所以為了打發時間和打起精神，才會一起玩花圖。

게임하다 玩遊戲 ♫ 199

例子

A：엄마, 조금만 더 할게. 지금 이기고 있어. 10 분만 더 할게.

B：안돼！인터넷 게임은 하루 30 분만 하기로 약속했지？컴퓨터 당장 꺼！

A：媽，我再玩一下，現在贏了所以讓我再玩十分鐘。

B：不行，不是說好每天只玩 30 分鐘的嗎？馬上把電腦關掉。

key word

- 이기다：贏
- 인터넷：(Internet)網際網路
- 끄다：關掉

슬롯머신（slot machine）吃角子老虎、拉霸機

例子 ♫ 200

러시아는 '도박과의 전쟁'을 선포하고 주요 도시 도박장의 도박시설과 기차역 슬롯머신을 모두 철거했다.

俄羅斯宣布“向賭博宣戰”後，主要城市的賭博場所、設施、火車站的拉霸機都被拆除了。

◆ 러시아：俄羅斯
◆ 도박：賭博
◆ 선포하다：宣布
◆ 시설：設施，設備
◆ 철거하다：撤走，拆除

相關單詞

룰렛：輪盤賭
블랙잭：二十一點（Black Jack）
카지노：賭場
타짜：老千

××랜드，놀이 공원 遊樂園 ●●● ♪201

例子

A：여름방학인데 우리 놀이공원에 놀러 가자.
B：좋아. 그런데 어디로 갈까？
A：에버랜드！

A：放暑假了，我們去遊樂園玩吧。

B：好啊，去哪裡呢？

A：愛寶樂園！

各種遊樂設施名稱

바이킹：海盜船

롤러코스터（청룡열차）：(Roller coaster) 雲霄飛車

자이로드롭：自由落體

후룸라이드：急流泛舟

회전목마：旋轉木馬

文化點滴

愛寶樂園是位於首爾近郊的最大規模的遊樂園，除了擁有各種遊樂設施之外，愛寶樂園還會依照季節舉行加勒比海展覽、鬱金香或玫瑰花展，並以韓國國內最長的雪橇道，以及食草動物與肉食野獸共存的野生動物園聞名。此外首爾還有樂天樂園、首爾樂園等。樂天樂園位於首爾市内，交通方便，遊樂設施大多位於室内，不受天氣影響，可隨時遊玩，也可以在室内的溜冰場溜冰。樂天樂園還是電影製片廠，運氣好的話還能看到拍電影的現場。

더치페이 分開付帳 ♪202

例子

A：많이 먹어요. 오늘은 제가 살게요.

B：아니예요. 더치페이해요.

A：오늘 첫 데이트인데 남자 체면 좀 세워 주세요.

B：네, 알았어요. 그럼 다음에 제가 살게요.

A：多吃點，今天我請客。

B：沒關係，我們分開付帳吧。

A：因為今天是第一次約會，還請你給我一點男人的面子吧。

B：好，我知道了。那麼下次我請客。

◆ 데이트：約會

◆ 체면을 세우다：給面子

빈대 붙다 白吃白喝 ♫203

例子

A：누나！배고파. 밥 줘.

B：저 웬수. 야！내가 니 마누라야！언제까지 결혼한 누나한테 빈대 붙을 거야？

A：또 잔소리.

A：姊，我肚子餓了，我想吃飯。

B：你這傢伙，我是你老婆嗎？我都結婚了，你要白吃白喝到什麼時候？

A：又開始嘮叨了。

◆ 웬수：冤家

◆ 마누라：對妻子的俗稱，含有鄙俗之意，所以只有在彼此熟悉的人之間才能使用。對妻子的稱呼一般使用“아내”、“와이프”(wife)

◆ 잔소리하다：嘮叨，囉嗦

단골손님 常客 ♫204

例子

A：이거 받으세요.

B：뭔데요？

A：사은품이요. 단골손님에게만 드리는 거예요.

B：감사합니다.

A：這個請收下。

B：這是什麼？

A：是贈品，只有常客才有的。

B：謝謝。

◆ 사은품：贈品

바가지 씌우다 指蓄意多收，超收費用 ♫205

例子

A：아저씨,이거 얼마예요？

B：싸게 줄게요. 한 개에 만 원.

A：뭐요？아저씨,지금 저 외국인이라고 바가지 씌우는 거지요？됐어요！

A：大叔，這個多少錢？

B：我算你便宜一點，一個一萬韓幣。

A：什麼？大叔，你是不是看我是外國人就算我特別貴啊？我不買了。

購物名地—明洞、東大門、南大門市場

人們到外國最先學會的就是“你好、再見、多少錢?”，這說明了除了一般打招呼用語之外，買東西、講價在日常生活中的重要性。首爾的主要購物地方有明洞、東大門、南大門市場，這些都是台灣和日本觀光客最常去的地方，在這些地方想買到物美價廉的東西，還真的必須要具備一些講價的本領。

在明洞購物大部分都是按照標價購買就好，店家是都無法再殺價的，雖然如此在明洞買的東西相對其價值與品質方面都會比較好，所以買起來即使沒有殺到價也是不會吃虧的。

在東大門購物時便可以適當地討價還價，但當然也不可以隨便亂殺價，還是需要適可而止才行。像是開價 40,000 韓元的東西一下就殺

價到 25,000 韓元或 30,000 韓元就會有點太過份，一般來說可稍微殺個 1,000-3,000 韓元就差不多了。

明洞和東大門主要以年輕族群為主，而南大門就比較屬於中年婦女主要購物的地方，價格相對的就會比明洞及東大門來的低，當然南大門也會有屬於年輕人的商品，但需要花時間去找，而且只要懂的殺價的技巧，在南大門還是可以讓年輕族群找到物美價廉的好商品。

CHAPTER 6

직장 생활

職場生活

CHAPTER 6 직장 생활

職場生活

오늘은 월급날！
今天是發薪日！

샐러리맨（salaried man）上班族 ♫206

指領固定薪資的人

例子

A：매일 아침 억지로 일어나서 출근해야 되는 샐러리맨 신세. 지겨워！

B：배부른 소리 한다！요즘 실업자가 얼마나 많은데……니가 복에 겨운 소리를 하는구나！

A：每天早上都要過著強迫自己起床去上班的生活，真的是厭煩了！

B：你是吃飽了撐著嗎？最近失業的人那麼多……你真是身在福中不知福。

억지로：勉強，硬是
신세：身世，處境
지겹다：厭倦，厭煩
배부른 소리：吃飽了撐著
실업자：無業遊民
복에 겨운 소리를 하다：身在福中不知福

넥타이 부대 領帶男大軍 207

韓國男人上班大多是穿西裝打領帶，所以領帶男在韓國隨處可見，該單字就是形容一群男性上班族出沒的用語。

例子

A：여기가 그 유명한 ○○동 먹자골목이구나！
B：처음 와？점심시간만 되면 이 거리가 다 넥타이 부대로 만원이야.

A：原來這裡就是那個著名的 XX 洞小吃街啊！
B：第一次來？一到午飯時間這條街滿街都是領帶男。

◆ 먹자골목：美食街

◆ 만원：額滿，人多到額滿

월급 月薪 ♫ 208

例子

A：너는 한 달 중에 언제가 가장 행복해？

B：그걸 뭘 묻냐？당연히 월급날이지.

A：你覺得一個月裡什麼時候最幸福？

B：那還用問嗎？當時是發薪水的日子了。

관련 단어 相關單詞

일당：日薪

수당：補貼，津貼

연봉：年薪

보너스：獎金

第一次發薪水當然要買內衣

韓國人第一次發薪水後一般會買禮物送給父母、兄弟姐妹、男女朋友、親戚。兄弟姐妹、好朋友的禮物可隨個人的經濟能力選擇適當的禮物，不過父母的禮物則是要買內衣，這可說是韓國的傳統。在五、六0年代韓國經濟很困難，取暖設施不發達且物資匱乏，當時內衣是很稀少的物品，不是人人都能穿得起的，所以作為子女第一次發薪水時會買內衣來孝敬父母，報答父母的養育之恩。這種風俗一直流傳至今。男女朋友之間的禮物除了不能買鞋之外，無其他禁忌，而買鞋就意味著穿著鞋子逃跑的意思。

야근하다 加班 ♫209

例子

A：여보세요！

B：여보！어디야？

A：회사.

B：지금 몇 시인데 아직도 회사에 있어？

A：오늘 야근해. 기다리지 말고 먼저 자.

A：喂？

B：老公，你在哪？

A：在公司。

B：現在都幾點了，怎麼還在公司啊？

A：今天要加班，不要等我了，先睡吧。

칼퇴근하다 準時下班 ♫210

例子

A：미수씨 요즘 매일 칼퇴근하던데 남자친구와 데이트 하나 봐요?

B：데이트요? 하하, 영어학원 가요!

A：美秀妳最近天天準時下班，是和男朋友約會嗎？

B：約會？哈哈，我是去英文補習班啦！

아첨하다 拍馬屁 ♫211

例子

A：적당히 해. 너는 자존심도 없어?

B：야! 이렇게 사장님께 아첨을 좀 해야지 회사생활이 편해.

A：別太超過了，你還有沒有自尊啊？

B：想要職場生活過得舒服點，就得這樣討好老闆。

◆ 적당히：適當地

◆ 자존심：自尊心

◆ 회사생활：職場生活

눈도장 찍다 露個臉 ♫212

字面意思是指用眼睛做下印記，比喻讓對方看到自己，告訴對方自己來過了的意思。

例子

A：사장님이 생신이라고 우리 초대했는데 갈 거예요？

B：가야 지요. 다른 사람도 아니고 사장님인데 가서 눈도장은 찍어야지요.

A：老闆過生日邀請我們參加聚會，要去嗎？

B：當然要去。因為不是別人，是老闆，所以得去露個臉啊。

◆ 생신："생일"的敬語

◆ 초대하다：邀請

B 어떻게 해？나 짤렸어！

怎麼辦？我被炒魷魚了！

(회사) 짤리다 被炒魷魚 ♫213

例子

A：야！그만 놀고 빨리 일 해. 사장님 곧 오실 거야.

B：5 분만 더 놀고.

A：너 이러다가 걸리면 정말 회사 짤려.

A：別再玩了，快點工作。老闆馬上就來了。

B：再玩 5 分鐘。

A：你這樣下去被抓到的話，會被公司炒魷魚的。

◆ 놀다：玩

◆ 걸리다：被發現

직장을 옮기다 跳槽 ● ● ● ♫214

例子

조사결과 많은 직장인들이 지금 받는 연봉의 3 분의 1 이 많으면 직장을 옮길 생각이 있다고 대답했다.

調查結果顯示許多上班族表示如果能多拿現有年薪的三分之一，就會考慮跳槽。

◆ 조사결과：調查結果

◆ 연봉：年薪
◆ 3 분의 1：三分之一

대학오학년 大學五年級 ♪215

為了找到更好的工作在學校裡延畢一年邊找工作的學生。

例子

A：안녕하세요！저 기억하세요？학교에서 몇 번 본 적 있는데……
B：아！네,안녕하세요！
A：그런데 선배님 졸업하지 않으셨어요？
B：아직요. 대학오학년이에요.

A：您好，您還記得我嗎？在學校裡見過幾次面的……
B：記得！您好。
A：學長還沒畢業嗎？
B：還沒，現在讀大五。

◆ 선배님：前輩，學長/姊
◆ 졸업하다：畢業

백수 無業遊民 ♫216

形容男人時用"백수"，形容女人時用"백조"。

例子

A：너 졸업한지 벌써 1 년인데 아직도 취직을 못해서 어떻게 해？

B：어쩔 수 없어. 요즘은 도처에 다 대졸 백수야.

A：你都畢業一年了還沒找到工作，該怎麼辦呀？

B：沒辦法啊，最近大家都是大學一畢業就失業啊。

◆ 취직하다：就業

◆ 도처에：到處

◆ 대졸 백수：找不到工作的大學畢業生

명퇴，명퇴자 榮譽退休，榮譽退休人員 ♫217

1997 年韓國金融危機爆發時出現的用語，指員工未到退休年齡，卻因公司不景氣，領取一筆退休補償金後退休的現象。

例子

통계에 따르면 지난해 대기업 명퇴자가 전년보다 2 배 증가했다고 한다.

據統計，去年大型企業榮譽退休者比前年增加了兩倍。

◆ 통계：統計

◆ ~에 따르면：根據

◆ 전년：前一年，去年

◆ 증가하다：增加，增多

韓國著名集團名稱

三星集團：三星電子、三星生命等多個公司都屬於三星集團，是韓國具有代表性的集團。

LG 集團：包括 LG 電子、LG 化學、LG 生活健康等公司。

現代集團：以現代汽車而聞名。

SK 集團：以 SK 行動通信而聞名。

韓華集團：主要業務涉及化學加工、石油加工、貿易等。

韓進集團：旗下有大韓航空，韓進海運等公司。

樂天集團：以樂天製果而聞名。

구조조정 （公司）結構調整 ♫218

本指為提高公司工作效率調整公司現有業務結構或組織結構的結構改革，實際卻多指公司為了提高公司效率大量裁員的現象。

例子

A：소식 들었어요？회사 경영 상태가 안 좋대요.

B：그래서요？

A : 아마 곧 구조조정에 들어갈 것 같아요.

B : 아휴 ! 또 칼바람이 불겠군 !

A：聽說了嗎？公司經營狀況很不好。

B：然後呢？

A：有可能要進行結構調整了。

B：哎呦，又是一場浩劫。

◆ ~대요 : 聽說

◆ 들어가다 : 進入，開始

◆ 칼바람 : 刺骨寒風，喻指殘酷的迫害

IMF 외환위기 IMF 外匯危機 ♫219

例子

A : 요즘 경제가 안 좋아서 참 큰일이야 !

B : 그러게, IMF 외환위기 때보다 더 심각한 거 같아.

A：最近經濟不景氣真是個大問題。

B：是啊，好像比 IMF 外匯危機時還嚴重。

◆ 경제 : 經濟

◆ 심각하다 : 嚴重，深刻

만년 ○○ 萬年XX ♫220

指一個人在同個職位上一直都沒有改變的意思，例如萬年課長“만년 과장”、萬年主任“만년 주임”

例子

A：자네, 이번에는 승진했나？

B：그게……

A：쯧쯧, 나이가 몇인데 아직도 만년 과장이야.

A：你這次升職了吧？

B：這個……

A：嘖嘖，都多大年紀了怎麼還只是個課長啊？

◆ 자네：你（長輩對晚輩使用的稱呼）

◆ 승진하다：晉升

◆ 쯧쯧：嘖嘖

기타 ·

其他

월요병 星期一病、藍色星期一症候群 ♫221

指到了星期天晚上會因為隔天要上班、上學而心情變得很糟，等到了星期一因為身體和心理都還處在放假的狀態，因此變得無精打采。

例子

A：주말이 또 눈 깜짝할 사이에 지나갔어. 내일 또 회사 가야 해. 아！짜증나！

B：또 월요병이야？쓸데 없는 소리 그만 하고 빨리 자.

A：周末一眨眼就過去了，明天又要上班，真煩！

B：又開始星期一病了？別講那些沒用的話，快點睡吧。

◆ 눈 깜짝할 사이：一眨眼的工夫

◆ 짜증나다：心煩，生氣

◆ 쓸데 없는 소리：廢話，沒有用的話

기러기 아빠 大雁爸爸 ♫222

韓國人把為了支持子女留學，把子女和老婆送到國外，自己留在國內賺錢寄到國外的家長叫"기러기 아빠"。

例子

A：선배님, 매일 퇴근해서 집에 가면 뭐 하세요？

B：몰랐어？나 기러기 아빠잖아. 퇴근해서 집에 가면 빨래에 청소에 할 일이 산더미야.

A：前輩，每天下班回家都做些什麼？

B：你不知道啊？我是大雁爸爸啊。下班回家後就得洗衣服打掃，要做的事情多得很呢。

◆ 산더미：堆積如山，一大堆

비자금 私房錢 ♫223

"비자금"原指政客或企業家所私藏的不法資金，現在已用來形容老公或老婆偷藏的私房錢。

例子

A：급해서 그러는데 돈 좀 빌려줘.

B：우리집 내무부장관은 집사람이야. 내가 돈이 어딨냐？

A：정말 급해서 그래！몰래 숨겨둔 비자금 좀 없어？

A：因為有急用，請借我錢吧。

B：我家的財政部長是我老婆啊，我哪有錢啊？

A：我真的有急用啊，你沒有偷藏的私房錢嗎？

◆ 내무부장관：國務部部長，財政大臣

◆ 집사람：老婆(一般使用於老公介紹自己老婆的用語)

◆ 숨기다：隱瞞，隱藏

재테크 理財 ● ● ● ♪224

例子

A：너는 평소에 어떻게 재테크 해?

B：은행 이율은 너무 낮고 주가는 바닥이고 그래서 펀드에 가입했어.

A：그래? 요즘 펀드는 수익율이 어때?

B：그저 그래.

A：你平時都是怎麼理財的？

B：現在銀行利率那麼低，股市又不景氣，所以我買了基金。

A：是嗎？最近基金收益率怎麼樣？

B：馬馬虎虎吧。

◆ 이율：利率

◆ 주가：股價，股市

◆ 바닥：低谷

◆ 펀드：基金

◆ 수익율：收益率

로또（lotto）彩券 ● ● ● ♪225

屬於韓國代表性的彩券，近幾年在上班族中掀起了購買彩券的風潮。

例子

A：그렇게 매주 로또 10 장씩 사면 일 년에 도대체 돈이 얼마예요？

B：나도 아는데, 나같은 샐러리맨이 로또 사는 재미도 없으면 무슨 재미로 살아요？

A：如果一個禮拜買十張彩券，那一年到底要花多少錢呀？

B：我也知道，不過像我這樣的上班族若不給我買彩券的話，活著還有什麼樂趣呢？

◆ 재미：樂趣

벼락부자 一夜致富的人 ♫226

例子

A：나 주식투자 좀 해 보려고. 아무리 생각해도 벼락부자가 되는 방법은 이것뿐이야.

B：야！정신 차려！우리 같은 개미는 망할 확률이 더 많아.

A：我想要投資股票，想來想去只有這個方法才能一夜致富。

B：醒醒吧！像我們這樣的散戶失敗的機率很大。

◆ 주식：股份，股票
◆ 정신 차리다：振作精神，醒醒
◆ 개미：螞蟻，散戶
◆ 망하다：滅亡，垮臺，完蛋
◆ 확률：機率

相關表達方式

하루 아침에 부자가 되다：一夜致富

돈벼락을 맞다：從天上掉下金錢

졸부：暴發戶（貶義）

알부자：貨真價實的有錢人(不是虛有其表的有錢人)

스트레스 壓力 ● ● ● ♫227

例子

A：너는 평소에 스트레스 어떻게 풀어？
B：뭐 특별한 거 있나！먹고 자고 놀고 쇼핑하고, 그냥 그렇지 뭐！

A：你平時都是怎麼舒壓的？
B：沒什麼特別的方法啊！就是吃吃東西、睡覺、買買東西，只是這樣而已。

◆ 평소：平時

◆ 풀다：解（壓）

◆ 쇼핑하다：購物

신용불량자 信用不良者 228

指不能及時償還銀行貸款或者信用卡欠款的人，信用不良者會受到金融機構的許多限制。

例子

A：돈 좀 빌려주세요.

B：얼마요？

A：오천만 원요.

B：내가 그런 큰 돈이 어디 있어요？은행에 가 봐요.

A：나 신용불량자여서 은행 대출도 안돼요.

A：請借我一點錢。

B：要多少？

A：5,000 萬韓幣。

B：我哪有那麼多錢？還是去銀行借吧。

A：我因為信用不良，所以銀行也不肯貸款給我。

◆ 대출：貸款

철밥통 鐵飯碗 ♫229

例子

A：지금처럼 경제가 어려울 때는 역시 공무원이 철밥통이야.

B：공무원은 철밥통？그 말도 옛말이야. 요즘은 공무원도해고돼.

A：這種經濟不景氣的時代，公務員才是鐵飯碗呀。

B：公務員是鐵飯碗？這都是老話了，現在公務員也會被解雇的。

◆ 공무원 ：公務員

◆ 옛말 ：老話，古語

◆ 해고되다 ：被解雇

三大理想職業的配偶

不久前韓國針對二、三十歲的未婚男女進行了關於"未來配偶職業"的調查，結果顯示一般公務員（44.9%）最受歡迎。針對男性的調查結果顯示，一般公務員（45.7%）最受歡迎，其次是律師、醫生、藥劑師等職業的女性（25.2%），小學老師（21.7%）則位居第三。針對女性的調查結果顯示，一般公務員（44.2%）最受女性歡迎，其次是專業性較強的職業（39.1%）、大企業員工（25.8%）、外商員工。

實際上韓國的公務員並不像台灣公務員一樣收入高，但相對比較穩定，被裁員的機率較低，所以成為韓國人選配偶時的首選工作。其實比較值得關注的是位於第三位的小學老師，這份職業每年都會排在人氣職業榜的前三名。

카드 한도액까지 쓰다 刷爆卡 ♫230

刷卡也可叫做"카드 긁다"。

例子

A：아이고！월급 타도 남는 것 하나도 없네！

B：왜요？

A：지난 달에 카드 한도액까지 다 써서 이번 달에 한꺼번에 다 갚아야 해.

A：唉唷！薪水雖然發了但我還是一毛不剩。

B：怎麼了？

A：上個月卡刷爆了，這個月全繳卡費了。

key word

◆ 남다：剩下

◆ 한꺼번에：一次

◆ 갚다：償還，還清

○○ 체질 ××類型，××的料 ● ● ● ♫231

例子

A：회사 그만 두면 뭐 할 건데？

B：아무래도 나는 사장 체질인 것 같아. 돈 좀 모아서 창업할 거야.

A：야！사장은 아무나 하냐？

A：辭職以後你要做什麼？

B：怎麼看我都像是做老闆的料，想籌點錢自己創業。

A：喂，你以為老闆是什麼人都能當的嗎？

◆ 모으다：收集

◆ 창업하다：創業

CHAPTER 7

살다보면 욕하고 싶을 때도 있다

人生在世，總會有想罵人的時候

CHAPTER 7

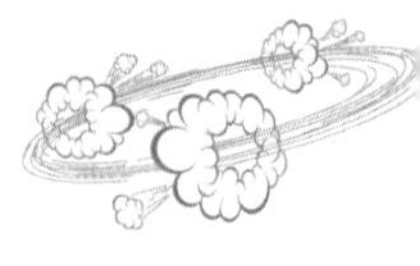

살다보면 욕하고 싶을 때도 있다

人生在世，總會有想罵人的時候

놈 傢伙 ♫232

1. 對男性的蔑稱。如：**"이놈"**、**"나쁜놈"**、**"못된놈"**、**"죽일놈"**、**"미친놈"**等。
2. 對男孩的愛稱，這時**"놈"**便不是罵人的話。

例子

A：요즘 애들은 어른 말을 귓등으로 들어요.

B：그러게요. 못된놈들！

A：現在的小孩把長輩的話都當耳邊風了。

B：是啊，這些不聽話的傢伙們。

◆ 어른：大人

◆ 귓등으로 듣다：當作耳邊風

년 丫頭 ♫233

對女性的蔑稱。不過也有女性對女性、長輩對晚輩或者好朋友之間的親密用語。
常用的單詞有 **"나쁜년**（臭娘們）"、**"망할년**（臭丫頭）"、**"죽일년**（死丫頭）"、**"미친년**（瘋女人）"。

例子

A：할머니, 저 용돈 좀 주세요.

B：얼마 전에 줬잖아！

A：벌써 다 썼어요.

B：망할년, 받아！

A：奶奶，給我點零用錢。

B：前不久不是才給你的嗎？

A：已經用光了。

B：臭丫頭，拿去！

◆ 용돈：零用錢

새끼 崽子 ♫234

本是形容幼小動物的話，用在人身上就變成罵人的話了。如，**"개새끼**（狗崽子）"、**"나쁜 새끼**（壞傢伙）"。

例子

A：왜 이렇게 화 났어？

B：사기 당했어.

A：누구한테？

B：친한 친구한테.

A：뭐？친구에게 사기를 치는 그런 개새끼도 있어？

A：為什麼這麼生氣？

B：我被騙了。

A：被誰騙了？

B：被好朋友騙了。

A：啊？還有這種連自己好朋友都騙豬狗不如的傢伙？

◆ 사기 당하다：受騙，上當

◆ 사기 치다：詐騙，敲詐

바보 笨蛋，傻瓜 ♫235

指智商低或者愚蠢的人。

例子

A：1 더하기 1 은 뭐야？

B：2.

A：그럼 2 빼기 1 은？

B：1.

A：그럼 2 곱하기 2 는？

B：너 지금 뭐 해？내가 바보냐？

A：1 加 1 等於幾？

B：2

A：那麼 2 減 1 呢？

B：1

A：2 乘 2 呢？

B：你在做什麼？當我是傻瓜呀？

◆ 더하기：加

◆ 빼기：減

◆ 곱하기：乘，나누다：除

멍청이，등신，밥통 傻瓜，白癡 ♫236

例子

A：이번에는 정말이야. 제발 한번만 믿어 줘.

B：새빨간 거짓말！내가 너를 또 믿으면 등신이다.

A：這次是真的，求求你再相信我一次。

B：分明就是謊話，我要是相信你就是白癡。

◆ 제발：求求你

◆ 새빨갛다：鮮明的紅色，顯而易見

紅色影片，紅色雜誌？

中國人最喜歡紅色，而韓國人最喜歡藍色和綠色等青色系顏色。在韓國紅色象徵著禁忌，例如，在韓國成人電影叫做"빨간 영화（紅色電影）"、"빨간 비디오（紅色DVD）"、"빨간책（紅色書刊）"、"빨간 잡지（紅色雜誌）"。但紅色並非一定都是不好的意義，紅色也是象徵激情和心血的顏色，韓國足球啦啦隊就叫做"붉은 악마（紅魔）"，但凡有足球賽事，啦啦隊必定穿上紅色的 T 恤。但為什麼非要搭配"악마（惡魔）"呢？原來是因為紅色跟惡魔最接近，藍色惡魔就有點不配了。

병신 廢人，腦殘 ♪237

1. 對殘疾人的蔑稱。
2. 對行為愚蠢的人的蔑稱。

例子

A：이렇게 하면 돼. 할 수 있지？해 봐？

B：당연하지. 이것도 못하면 병신이지.

A：這樣做就行，你可以吧？試試看吧。

B：當然了，連這個都不能做的話不就是廢人了。

식충이 米蟲 ♫238

例子

A：아이고！너무 자서 허리 아파.

B：먹고 자고 먹고 자고, 니가 식충이야？빨리 일어나！

A：엄마, 아침부터 왜 또 잔소리야？

A：哎喲，睡太多了，腰好痛。

B：吃飽了睡，睡飽了吃，你是個米蟲啊？快點起床。

A：媽，怎麼大清早的就開始嘮叨呀？

◆ 잔소리：囉嗦，嘮叨

모자라다 智能不足 ♫239

例子

A：저기 우리 보고 바보처럼 웃는 여자, 좀 이상해！

B：재？좀 모자라, 신경쓰지 마.

A：那個朝我們傻笑的女人有點奇怪啊。

B：她？有點智能不足，別太在意。

◆ 신경쓰다：費神

지랄하다 發神經，發瘋，胡說八道 ♫240

例子

A：내 섹시한 입술,매력적인 눈,완벽한 몸매,그야말로 경국지색이지？

B：지랄을 해라. 지랄을 해！

A：看我這性感的嘴唇、迷人的雙眼、完美的身材，絕對傾國傾城吧？

B：你在發什麼神經，胡說八道的！

◆ 몸매：身材

◆ 경국지색：傾城傾國

재수 없다 真倒楣、真噁心 ♫241

"재수" 是運氣的意思，**"재수 없다"** 本意指倒楣的意思，但用於人時就含有謾罵之意了。

例子

A：나는 청소할게. 너는 설거지해.

B：어머！나는 귀하게 자라서 그런 것 못해. 나는 몸도 약하고 힘도 없으니까 힘 센 니가 다 해！

A：야！너 좀 재수 없는 거 알지？

A：我來打掃，你來洗碗。

B：天哪，我可是家裡的寶貝，這種事做不來的。我身體不好也沒力氣，還是你健壯，你都做吧。

A：喂，你很讓人倒胃口，你知道嗎？

◆ 설거지하다：刷鍋洗碗

◆ 귀하게 자라다：指受人寵愛、被照顧地很完善的人

◆ 약하다：虛弱

◆ 힘 세다：力氣大

사이코（psycho）精神病

♫ 242

指患精神病的人或像精神病患者一樣不正常的人。

例子

A：사이코！울다가 웃고，웃다가 울고. 왜 그래？

B：내가 왜 이러지？정말 미쳤나？

A：精神病！你又哭又笑的，怎麼了？

B：我為什麼這樣啊？真的瘋了嗎？

◆ 미치다：瘋，發瘋

맛이 가다 糊里糊塗 ♫243

形容人精神不正常或狀態不好的意思。

例子

A：밤 늦게 누가 전화했어？

B：친구.

A：전화해서 뭐래？

B：몰라，술에 취해 맛이 가서 뭐라고 하는지 하나도 못 알아 듣겠어.

A：這麼晚了，誰打電話來啊？

B：朋友。

A：打電話說什麼呢？

B：不知道，喝醉了，糊里糊塗地不知道說些什麼。

◆ 취하다：喝醉

삽질하다 白費勁、做白工 ♫244

例子

A：너 한밤중에 뭐해？

B：안 보여？세차하잖아.

A：야！내일 비 온다고 하는데 무슨 삽질이야！

A：三更半夜的在做什麼呀？

B：沒看到啊？洗車呀。

A：聽說明天下雨，這樣你不是白做工了。

◆ 한밤중：三更半夜

◆ 세차하다：洗車

나가 죽어 去死吧 ♫245

例子

A：엄마가 나한테'나가 죽어！'라고 말했어.

B：엄마가 속상해서 한 말인데 그 말을 믿어？그럼 나는 100 번도 더 죽었겠다！

A：媽跟我說“去死吧”。

B：媽是太傷心了才這麼說的，這話能當真嗎？否則我早死上百回了。

◆ 속상하다：傷心

◆ 믿다：相信

양아치 流氓，小混混 ••• ♫246

例子

A：온종일 할 일 없이 떼지어 다니는 재들은 뭐냐？

B：하는 짓을 보니까 동네 양아치네！

A：那些人整天遊手好閒、成群結夥的，是什麼人啊？

B：看他們做的那些事，應該是小混混吧。

◆ 온종일：整天，整日

◆ 떼짓다：成群，合群

주제 파악 懂得分寸 ••• ♫247

"주제 파악" 就是了解自己，懂得分寸的意思。

例子

A：나도 명품 옷에 저런 고급차 타고 싶어.

B：야！주제 파악 좀 해라. 너 백수야！

A：我也想穿名牌衣服、坐高級車。

B：有點自知之明吧，你是個無業遊民呢！

관련표현 擴展詞彙

주제 파악을 못하다：不懂得分寸，癩蛤蟆想吃天鵝肉
주제를 좀 알아라！：要瞭解自己，要懂得分寸
주제를 모르다：自不量力，不知分寸

繞口令

1. 간장 공장 공장장은 강 공장장이고,된장 공장 공장장은 공 공장장이다.

   醬油工廠廠長是姜廠長，大醬工廠廠長是孔廠長。

2. 내가 그린 기린 그림은 긴 기린 그림이고 니가 그린 기린 그림은 안 긴 기린 그림이다.

   我畫的長頸鹿畫是（脖子）長的長頸鹿，你畫的長頸鹿畫是（脖子）不長的長頸鹿。

3. 이 콩깍지는 깐 콩깍지인가 안 깐 콩깍지인가？

   這豆子殼是剝的還是沒剝的？

CHAPTER 8

엔터테이먼트

(드라마、영화、음악、스타)

影視娛樂（電視劇、電影、音樂、明星）

CHAPTER 8 엔터테이먼트 (드라마、영화、음악、스타)

影視娛樂（電視劇、電影、音樂、明星）

A 오빠！사랑해요！

哥哥，我愛你！

오빠부대 追星族 ♫248

指追隨著明星，奔跑於演唱會或拍攝現場，高喊“哥哥！哥哥！”的女性粉絲（多為女學生）。近來不僅電視明星們擁有追星族，就連運動選手、政界人物也都擁有追星族了。

例子

A：요즘 애들은 공부는 안 하고‘오빠오빠！’저게 뭐하는 거야？

B：왜요？젊음이 넘치고 얼마나 보기 좋아요！

A：現在的孩子都不好好念書，整天“哥哥，哥哥”地喊著，哪像話呀？

B：有什麼不好呢？好青春洋溢，感覺好好喔！

◆ 젊음：年輕、青春

◆ 넘치다：洋溢

팬클럽（fan club）粉絲俱樂部 ♫249

例子

A：촬영장에 왠 여학생들이 이렇게 많아？

B：박○○씨 팬클럽 회원들이 몰려와서요.

A：拍攝現場女學生怎麼這麼多啊？

B：朴 XX 的粉絲團成員都來了。

◆ 촬영장：拍攝現場

◆ 왠：哪兒來的，什麼

◆ 회원：會員

◆ 몰려오다：蜂擁而至

톱스타（top star）大牌明星 ♫250

例子

A：김○○는 저렇게 작은 키에 얼굴도 보통인데 어떻게 톱스타가 됐을까？

B：연기를 잘 하잖아.

A：하긴 김○○가 연기 하나는 일품이지！

A：金 XX 個子不高，長得也一般，是怎麼變成大牌明星的呀？

B：他演技好啊。

A：也是，金 XX 的演技的確一流。

◆ 연기：演技

◆ 일품：一流

한류 韓流 ♫251

例子

A：일본 사람들도 한국 드라마를 좋아해요?

B：그럼요. 지금 일본에서도 한류 열풍이 불고 있어요.

A：日本人也喜歡韓國電視劇？

B：是的，現在在日本也掀起了韓流風。

◆ 열풍이 불다：掀起熱潮

當心韓國假貨！

受韓流熱潮的影響，到處都是“韓版”、“韓國名牌”、“韓國熱銷產品”、“韓國原裝進口”等字樣的商品，但是最近出現了不少假貨，有些商品上的韓文根本不是正確的寫法，因此大家在購買時請務必要小心。

스캔들 (scandal) 醜聞 ♫252

例子

A：오늘 톱뉴스, 너 그 스캔들 기사 봤어？
B：아니！이번에는 또 누가 스캔들 터졌는데？

A：今天頭條的醜聞報導你看了嗎？
B：沒有，這次又是誰的醜聞？

◆ 톱뉴스：頭條新聞，重大新聞
◆ 기사：報導
◆ 터지다：爆出

※ **"내가 하면 로맨스, 남이 하면 스캔들"**（我做就是浪漫，別人做就是醜聞），這句話曾經在韓國流行過一段時間，到現在仍然可以經常聽到。

데뷔하다 出道 ♫253

例子

A：저 배우 원래 가수 아니었어요？드라마에도 나오네요？
B：처음에는 가수로 데뷔했는데 요즘에는 연기만 해요.
A：노래도 잘 하던데 연기도 참 잘 하네！

A：那個演員原本不是歌手嗎？怎麼也在拍連續劇呢？

B：雖然他剛開始是以歌手的身分出道的，但最近也開始演了不少戲。

A：他歌唱得不錯，演技也很不錯嘛！

◆ 원래：原來，本來

◆ 연기：演技

뜨다 走紅 ♫254

例子

A：못 보던 배우인데 누구야?

B：얼마 전 수목드라마에서 악역으로 뜬 신인 배우！너도 봤잖아?

A：아！맞다. 어쩐지 어디서 본 것 같았어.

A：沒看過這個演員，是誰呀？

B：不久前因在水木劇中出演反派角色而走紅的新人，你不是也看過嗎？

A：啊，對了，怪不得好像在哪裡見過。

◆ 수목드라마：水木劇（星期三、星期四播出的電視劇）

악역：反派角色

뜨다：走紅，出名

신인：新人

연예계 演藝圈 ♫255

例子

A：내일 파티에 꼭 와！

B：재미도 없는 파티에 뭐 하러 가？

A：내일 파티에는 연예계 인사와 스포츠 스타도 많이 참석하니까 재미있을 거야.

A：明天一定要來參加派對！

B：幹嘛去無聊的派對呢？

A：明天的派對有很多演藝界人士和運動選手出席，應該很有趣。

인사：人士

스포츠：體育，運動

참석하다：參加，出席

엔터테인먼트 娛樂公司、經紀公司 ♫256

엔터테인먼트（entertainment）有娛樂、興趣之意，也多用於指演員所屬公司的名稱，也可叫做 **"소속사"** 。

例子

A：좋아하는 스타에게 팬레터 쓰고 싶은데 집주소를 몰라. 어떻게 하지？

B：소속사 ○○엔터테인먼트 사무실로 보내 봐.

A：我想寫信給喜歡的明星，但不知道他家裡住址，怎麼辦啊？

B：就寄到所屬 XX 經紀公司的辦公室吧。

◆ 팬레터：（fan letter）粉絲來信

◆ 소속사：所屬公司

◆ 사무실：辦公室

엑스트라 群衆演員 ♫257

例子

A：와！이 장면 정말 실감난다！

B：저거 어떻게 찍었을까요？

A：저 화면 찍으려고 엑스트라만 5,000 명이나 동원됐대요.

A：哇，這場面很真實嘛！

B：這是怎麼拍的啊？

A：聽說為了拍這個畫面足足動員了5,000 名群衆演員呢。

◆ 장면：場面

◆ 실감나다：有聲有色

◆ 찍다：拍攝

◆ 동원되다：動員

擴展詞匯

주연：主角

조연：配角

까메오：客串

B 음악

音樂

힛트곡 熱門歌曲

♫258

例子

A：졸려！클래식 이거 완전 수면제잖아. 힛트곡 없어？

B：음악 듣는 수준 하고는.

A：뭐？힛트곡가 어때서！

A：好想睡！古典樂簡直就是催眠曲，沒有流行樂嗎？

B：你的音樂欣賞水準實在……。

A：什麼？流行音樂怎麼了？

◆ 클래식：古典音樂

◆ 수면제：安眠藥

◆ 수준：水準

앨범（album）專輯 ♫259

例子

A：뭐 들어？

B：이○○ 새 앨범,요즘 앨범판매량 1 위야.

A：在聽什麼呢？

B：李 XX 的新專輯，最近這個專輯銷量排第一呢。

◆ 판매량：銷售量

립싱크（lip sync）對嘴 ♫260

例子

A：가수들 춤추며 노래하기 정말 숨 차겠다！

B：숨 차기는 무슨！저거 다 립씽크야.

A：歌手們一邊跳舞一邊唱歌，真的會喘不過氣來吧！

B：什麼喘不過氣來！那都是對嘴的呀。

◆ 숨 차다：喘不過氣來，上氣不接下氣

로큰롤（rock 'n' roll）搖滾音樂 ♫261

例子

A：우리 밴드 오늘 홍대 앞에서 공연하니까 꼭 와？

B：무슨 공연인데？

A：광란의 로큰롤！

A：我們樂團今天在弘大前面演出，一定要來啊。

B：表演什麼呢？

A：瘋狂的搖滾樂！

◆ 밴드：(band)樂團

◆ 홍대：弘大（弘益大學的簡稱，以學校附近的表演場所和音樂酒吧而聞名）

◆ 공연：公演，演出

◆ 광란：瘋狂

各種音樂類型

발라드：(ballad)（節奏緩慢的）流行抒情歌曲

R&B：節奏藍調

로큰롤：(rock 'n' roll)搖滾樂

힙합：(hip hop)嘻哈
랩：(rap)饒舌音樂
댄스음악：(dance)舞曲
트로트 (trot) ：韓國演歌
재즈：(jazz)爵士
클래식：(classic)古典
국악：韓國傳統音樂

생방송 現場直播 ♫262

例子

A：부산 영화제 개막식이네！
B：빨리 와서 봐！이거 생방송이야.

A：原來是釜山電影節的開幕式。
B：快來看！這是現場直播。

◆ 부산 영화제 ：釜山電影節（韓國最大規模的國際電影節）
◆ 개막식 ：開幕式

擴展詞匯

녹화방송：指電視台先預錄好的節目，在指定的時間內播放。
중계방송：轉播

재방송：重播
첫방송：首播
방송하다：播放
시청하다：收聽，收看

영화、드라마
電影、電視劇

개런티 片酬 ♫263

例子

A：세상에！아무리 톱스타이지만 영화 한 편 개런티가 얼마라고？

B：우와！우리집 한 채 값이다！

A：天呀！即使是大明星，一部片的片酬也未免太多了吧？

B：哇！跟我們家一樣貴了！

◆ 한 편：一部
◆ 한 채：一套

헐리우드 好萊塢 ♫264

例子

A：오랜만에 영화 한 편 볼까？

B：좋아. 무슨 영화 볼까？

A：영화하면 헐리우드 액션영화지.

B：또 싸우고 부수고 하는 영화？싫어！

A：好久沒看電影了，來看電影怎麼樣？

B：好啊，看什麼？

A：要看電影當然就看好萊塢動作片了。

B：又是打打殺殺的電影？我不喜歡！

◆ 액션영화：動作片

◆ 싸우고 부수다：打打殺殺

韓國的好萊塢—忠武路

談起美國電影，大家都會想起好萊塢，就像韓國人談起電影就會想起忠武路（首爾明洞附近的區域）。事實上現在的忠武路已經難找得到當年跟電影有關的影子了，但至今韓國人會把忠武路跟電影聯想在一起。因為在五、六十年代韓國電影啓蒙期時，忠武路到處都是拍攝場地，尤其是拍電影的時候，便會聚集了許多演員，自然成了韓國電影的代表地。但如今這裡已經跟不上時代的發展，街道變窄了，建築也

舊了，忠武路漸漸地遠離了電影界，不過人們仍舊會用忠武路來表達電影業的意思，如"충무로의 기대주 김○○（忠武路的新生代新星金 XX ）"、"충무로를 뒤흔든 영화（震撼忠武路的影片）"。

아카데미 시상식, 칸 영화제 奧斯卡電影節，戛納電影節 ♫265

例子

A：올해 아카데미 시상식 최우수 작품상은 어떤 영화예요？

B：인도 아이들이 출연하는 영화인데 나도 아직 못 봤어요.

A：今年奧斯卡電影最佳影片是什麼電影？

B：是印度小孩們演出的電影，我也沒看過。

◆ 올해：今年

◆ 최우수 작품상：最佳影片獎

◆ 인도：印度

박스오피스（box office）票房 ・・・ ♫266

例子

A：한국 영화 보자. 외국 영화 보려면 자막도 읽어야 되고 귀찮아.

B：그냥 이거 보자. 3 주 연속 박스오피스 1 위인데 당연히이거 봐야지.

A：我們看韓國電影吧。看外國片還得看字幕太麻煩了。

B：那我們就看這個吧，連續三周都是票房第一，當然就看這個了。

◆ 자막 ：字幕

◆ 귀찮다 ：麻煩

◆ 연속 ：連續

신년 특선 영화 賀歲片 ・・・ ♫267

例子

A：12 월 31 일 밤에 가족들과 신년 특선 영화를 보려고 하는데 뭐 괜찮은 영화 있어？

B：가족이 다 같이 보려면 애니메이션이 좋겠다.

A：我想跟家人在 12 月 31 日晚看個新年賀歲片，有什麼好電影嗎？

B：一家人看的話，適合看動畫卡通片。

◆ 애니메이션：動畫卡通片

시청률 收視率 ♫268

例子

A：빨리 7 번으로 돌려！드라마 봐야 돼.

B：너도 붉은악마잖아？이거 월드컵 결승전이야！

A：빨리 안 돌려！그 드라마 요즘 시청률 얼마인 줄알아？

B：재방송 봐！

A：快點轉到第七台，我要看連續劇。

B：你不也是紅魔嗎？這可是世界盃決賽啊。

A：快點轉台，你知道這個電視劇的收視率是多少嗎？

B：你看重播啦！

◆ 돌리다：轉，換

◆ 붉은악마：紅魔

◆ 월드컵 결승전：世界盃決賽

◆ 재방송：重播

해적판 盜版 ♫269

例子

A：뭐야？화질이 왜 이렇게 안 좋아？너 해적판 샀어？

B：아니！이거 정품인데……

A：什麼呀？畫質怎麼這麼不好啊？你買了盜版的嗎？

B：不是啊！這可是原版的啊。

◆ 화질 ：畫質

◆ 정품 ：(正品)原版

기타

其他

오디션（audition）試鏡 ♫270

例子

A：나 꼭 유명한 스타가 되고 싶어. 어떻게 해야 배우가 될수 있을까？

B：요즘에는 공개 오디션도 많잖아. 그 쪽으로 한번 알아봐.

A：我想要當明星。可怎麼才能成為演員呢？

B：最近不是有很多公開試鏡選演員的活動嗎？朝這個方向去試試看吧。

◆ 공개：公開

인터뷰（interview）採訪 ♫ 271

例子

A：뭘 그렇게 열심히 봐요！

B：저 배우 그동안 인터뷰할 때마다 김○○와 아무 사이도아니라고 했잖아요. 그런데 두 사람 다음 달에 결혼한대요.

A：在看什麼？看得那麼認真。

B：那個演員以前被採訪時不是說自己和金 XX 沒任何關係嗎？可是現在又說兩個人下個月要結婚。

◆아무 사이：任何關係

이슈（issue）熱門話題 ♫272

例子

A：2009 년도 며칠 안 남았어.

B：그러게, 올해도 다 갔네！그런데 올해 최대 이슈가 뭐지？

A：아마도'세계 금융 위기'겠지？

A：2009 年沒剩幾天了。

B：是啊，今年也快要過去了！那今年最大的新聞是什麼呢？

A：應該是“世界金融危機”吧？

◆ 남다：剩下

◆ 그러게：可不是嗎，說的也是

◆ 최대：最大

헤드라인（뉴스）（headline news）頭版頭條 ♫273

例子

A：오늘 동아일보 헤드라인이 뭐야？

B：글쎄, 나도 아직 신문 안 봐서 모르겠는데.

A：今天《東亞日報》的頭版頭條是什麼？

B：嗯，我也還沒看報紙所以不知道。

◆ 신문：報紙

韓國三大報社

“조선일보（朝鮮日報）”、“중앙일보（中央日報）”、“동아일보（東亞日報）”每日的發行數占韓國整體報紙發行量的70%，堪稱韓國三大報社，被人們稱作“조중동”。現在朝鮮日報（http://www.chosun.com）和中央日報（http://www.joins.com）都提供中文版本，有需要的讀者可以到其網站上瀏覽查閱。

漢字詞的陷阱

在韓文中漢字詞比重約占60%，這點對台灣人來說非常有利，但有時這種優勢又會變成陷阱，讓台灣人出現亂猜的情況。如，“애인（愛人）”並非中文裡愛人的意思，而是戀人的意思；“문장（文章）”不是文章而是句子的意思。上面提到的“신문（新聞）”也不是新聞而是報紙的意思，所以大家在學韓文的過程中要特別地注意。

CCTV 監視攝影機 ♫274

A：주차장에 세워 놓은 자전거가 없어졌어！지난주에 새로 산 건데……

B：어떻게 하냐？먼저 경비실에 가서 CCTV 확인해 봐.

A：我停在停車場的腳踏車不見了！我上個星期才買的新車……

B：怎麼辦啊？先去警衛室看下 CCTV 吧。

◆ 세우다 ：停放

◆ 경비실 ：警衛室

파파라치（paparazzi）狗仔隊 ♫275

例子

A：이거 봐, 파파라치가 찍은 사진인데 정말 웃기지？

B：배우들 참 불쌍하다. 어디를 가도 파파라치들이 이렇게 따라다니니까 얼마나 괴롭겠어！

A：看這個。是狗仔隊拍的照片，是不是很好笑？

B：這些演員也真可憐，走到哪兒都有這些狗仔隊跟著，真的煩死了！

◆ 웃기다 ：可笑，搞笑

◆ 불쌍하다 ：可憐

◆ 따라다니다 ：跟隨，跟蹤

◆ 괴롭다 ：難受，痛苦

CHAPTER 9

인터넷 세상

網路世界

CHAPTER 9

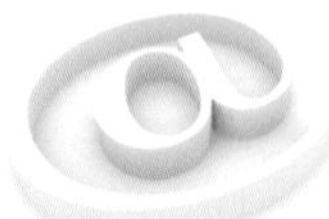

인터넷 세상

網路世界

인터넷 세상

網路世界

로그인, 로그아웃 登入，登出 ♫276

例子

A : 보낼 파일이 있는데 어떻게 줄까?

B : 바로 Skype 에 로그인할게. Skype 로 보내 줘.

A：我有檔要傳給你，怎麼給你？

B：我馬上登入 Skype，用 Skype 傳給我吧。

◆ 파일 : 文件

아이디 用戶名、ID ♫ 277

例子

A：나 지금 Line 에 못 들어가.

B：왜？

A：아이디는 아는데 갑자기 비밀번호가 생각이 안 나！

A：我現在不能登錄 Line。

B：為什麼？

A：我只記得帳戶名，但突然想不起密碼了。

◆ 들어가다：進入，登入

◆ 생각 나다：想起來

누리꾼 泛指網絡使用者 ♫ 278

“네티즌”也是同樣意思，（Netizen），是一個混合詞，語源自互聯網（Internet）及市民（Citizen）兩個概念。不過最近“누리꾼”使用的頻率高為“네티즌”。

例子

A：누구야？못 보던 배우인데.

B：요즘 누리꾼 인기 투표에서 1 위한 신인 배우.

A：這是誰呀？沒見過這個演員啊。

B：這是最近網路上票選出來排名第一的新人演員。

- 인기：人氣，歡迎
- 투표：投票
- 신인：新人

네티켓 網路禮節 ♫ 279

由"네트워크（Network）"和"에티켓（Etiquette）"組合而成，指在網路虛擬空間須遵守的禮儀。

例子

A：인터넷에서는 어차피 얼굴 안 보이니까 반말해도 괜찮겠지？

B：괜찮기는 뭐가 괜찮아！네티켓 좀 지켜！

A：反正在網路上也見不到面，可以用半語（非敬語）吧？

B：什麼沒關係呀？還是要遵守網路禮儀呀！

- 어차피：反正，無論如何
- 반말：半語、非敬語
- 지키다：守，遵守

안티（anti）反對行為 280

指對某些事情持反對意見的行為，例如 안티싱글 便為 anti single 反單身的意思。

例子

A：저 배우는 말 한 마디 잘못해서 저게 무슨 고생이야.
B：그러게,인터넷에 온통 저 배우 안티글 뿐이야.

A：那個演員只因說錯一句話就受這麼多苦。

B：是啊，網上到處都是針對那個演員的反對文章。

◆ 마디：句
◆ 고생：辛苦，吃苦
◆ 온통：整個，全部
◆ 글：文章

리플，댓글 回覆 281

“리플”是“reply（리플라이”的略語，在網上通常用“Re”來表示。“댓글”是“대답하는 글”的意思。

例子

A：누가 예의 없게 게시판에 이런 욕을 썼어？
B：그런 댓글들은 보자마자 다 삭제해 버려！

A：是誰這麼沒禮貌，在留言板上發了這種髒話？

B：所以只要看到這種回覆就全部刪掉！

◆ 예의：禮儀，禮貌

◆ 게시판：留言板，布告板

◆ 욕：罵人的話，髒話

◆ ~자마자：一……就……

擴展詞匯

“악플”指惡意誹謗別人文章的回覆或誹謗別人的文章，而“악플러”指這種文章執筆人。近來韓國為了遏止這種惡意文章給人們帶來的傷害，制定了專項法律，規定發表文章或回覆時必須使用真實名字，因此在網上隨意謾罵或造謠而被捕的情況也屢見不鮮。“선플”則指善意的文章或回覆。

떡밥글，낚시글 指誇大不實的標題 • • • ♫ 282

是指在網絡中故意或刻意使用較為誇張、聳動或斷章取義的文章標題，以吸引網友點擊觀看，特別是實際上標題與內容完全無關或聯繫不大者。

例子

A：'김○○와 박○○ 열애'！두 사람 사귀어？빨리 빨

리, 이 기사 좀 열어 봐!

B : 응.

A : '김○○와 박○○는 다음주부터 방송되는 새 드라마에서 연인으로 출연한다'아! 짜증 나. 또 낚시글이었어.

A："金 XX 和朴 XX 熱戀"，這兩個人戀愛了？快來看這條新聞！

B：好。

A："金 XX 和朴 XX 在下個月播放的新連續劇中演出一對戀人。"啊！真討厭，又是這種誇大不實的標題。

◆ 열애 : 熱戀

◆ 기사 : 新聞報導

◆ 출연하다 : 演出，亮相

◆ 짜증나다 : 心煩，生氣

포털사이트 (portal site) 入口網站（在連接全球資訊網時首先要進入的網站）、搜尋網站 ♫ 283

例子

A : 자료를 좀 찾으려고 하는데 어느 포털사이트에서 찾아야 빠를까요?

B : 한국어 자료는 그래도 네이버에 가장 많지요.

A：我想找些資料，要到哪個入口網站搜尋最快呢？

B：要找韓國資料的話還是 NAVER 最多。

◆ 자료：資料
◆ 그래도：還是

Naver、Daum、Nate

韓國最大的搜尋引擎 Naver（http://www.naver.com/）的市場佔有率約為 70%（2009 年 3 月的統計標準）。
因此與 Naver 相比，Daum、Nate、Yahoo 等網站的用戶擁有量就明顯少了很多，就連世界排名第一的搜索網站 google 在韓國也無法表現出其實力。

홈페이지（home page）首頁 ♫284

例子

A：졸업 증명서가 한 장 필요한데 꼭 학교에 가야 하나?
B：아니,학교 홈페이지에 들어가서 신청하고 인쇄만 하면 돼.

A：我需要畢業證書，不過一定得去學校拿嗎？
B：不用，到學校首頁上去申請列印就可以了。

- 졸업 증명서：畢業證書
- 신청하다：申請
- 인쇄하다：印刷，列印

블로그（blog）部落格 ♫ 285

例子

A：우리 지난번 휴가 때 찍은 사진 좀 보여 줘.

B：내 블로그에 올려놨으니까 가서 봐.

A：給我看上次休假時照的照片吧。

B：我已經上傳到部落格了，上去看看吧。

- 휴가：休假
- 찍다：拍攝，照
- 올리다：上傳

싸이월드 cyworld 迷你窩 ♫ 286

由韓國 SK Communications 所提供的社群網站，一般簡稱“**싸이**”。

例子

A：너 싸이월드 미니홈피 배경음악 듣기 좋던데 제목이 뭐야？

B：제목은 모르겠고, 집에 파일 있으니까 메일로 보내 줄게.

A：你的 cyworld 迷你窩的背景音樂很好聽，歌名是什麼呢？

B：我不知道耶。檔案在家裡，我用 e-mail 傳給你。

◆ 미니홈피：迷你窩

◆ 배경：背景

◆ 메일：電子郵件

인터넷 카페（Internet cafe）網路論壇 ♫ 287

原為網咖的意思，但在韓國카페也可指論壇的意思。

例子

A：이 문장은 어떻게 번역해야 하지？정말 어렵다！

B：인터넷 카페에 들어가서 물어 봐. 고수들이 많아서 금방 해결할 수 있어.

A：這句話該怎麼翻譯啊？真難。

B：上網到論壇裡問問吧。那裡高手多，馬上就能解決。

◆ 번역하다：筆譯；통역하다：口譯

◆ 고수：高手

◆ 해결하다：解決

擴展詞匯

카페지기：創建網路論壇的人
카페에 가입하다：註冊網路論壇
카페를 탈퇴하다：退出網路論壇
카페 활동을 하다：參加網路論壇活動
카페를 개설하다：開設網路論壇

B 방가방가！

你好！

채팅（chatting）上網聊天 ♫288

例子

A：친구와 채팅하는데 친구가 인터넷 용어를 너무 많이 써서 무슨 소리 하는지 하나도 모르겠어.

B：뭐라고 썼는데？

A：'ㅎ 2'

B：그것도 몰라？안녕이라는 말이잖아！

A：我跟朋友在網路上聊天，結果朋友用的網路用語太多了，我都不知道他在說什麼。

B：他說什麼？

A：“ㅎ 2”

B：連這個都不知道？是問好的話啊。

◆ 용어：用語

經常使用的網路聊天用語

ㅎ 2：하이！Hi！

방가방가：안녕,반갑다. 你好，很高興見到你。

ㄳ：감사합니다. 謝謝！

ㅅㄱ：수고하세요！辛苦了。

ㅇㅇ：응응,알았어. 嗯，知道了。

ㅋㅋ,ㅎㅎ：크크,하하 웃음소리 呵呵，哈哈等笑聲的意思

헐！헉！：놀라거나 기가막힐 때의 감탄사 指因為被嚇到而說不出話來的感嘆詞

추카：축하 恭喜

업그레이드（upgrade）升級 • • • ♫289

此單詞不僅適用於硬體或軟體，也表示一個人的水準或能力的提高。

例子

A：특별한 날인데 스타일이 그게 뭐냐？일년 365 일 매일T 셔츠에 청바지,스타일 좀 업그레이드 시켜！

B：이게 뭐 어때서？편하고 좋은데.

A：在今天這麼特別的日子，你這是什麼穿法呀？一年 365 天，天天都是 T 恤、牛仔褲，你的穿衣服的風格該升級了！

B：這怎麼了？又舒服又好。

◆ 스타일：(style)風格

◆ T셔츠：T 恤衫

◆ 청바지：牛仔褲

擴展詞匯

○○ 수준 좀 업그레이드 시켜！提升××水準

영어 수준 좀 업그레이드 시켜 / 디자인을 업그레이드 시키다. 提升英文能力 / 更新款式、更新設計

한 단계 업그레이드 된 ○○ 更好的××

한 단계 업그레이드 된 서비스 / 배우 김○○가 한층업그레이드 된 모습으로 대중앞에 섰다.

升級為更好的服務 / 演員金××以更好的面貌出現在大衆面前

다운로드（download）下載 ••• ♫290

例子

A：보고 싶은 영화가 있는데 영화 사이트 좀 추천해 줘.

B：이 사이트에 들어가 봐. 회원 가입만 하면 무료로 다운로드 받을 수 있어.

A：我有想看的電影，請推薦電影網站吧。

B：到這個網站看看吧。只要註冊會員就可以免費下載電影。

◆ 추천하다：推薦

◆ 회원：會員

◆ 가입하다：加入

◆ 무료：免費

바탕화면（電腦）桌布 ••• ♫291

例子

A：바탕화면에 뭐가 이렇게 많아？정리 좀 해！

B：알았어. 시간 나면 할게.

A：桌布上什麼東西這麼多啊？整理一下吧！

B：知道了，有空我就整理。

◆ 정리하다：整理，整頓

◆ 시간 나다：有空

다운되다 當機 ♫292

例子

A：이 고물 컴퓨터,걸핏하면 다운이야！

B：바이러스 걸린 거 아냐？

A：這個舊電腦動不動就當機。

B：是不是中毒了啊？

◆ 고물：舊貨，老古董

◆ 걸핏하면：動不動

사이버（cyber）電子、虛擬 ♫293

例子

A：큰일 났어！회사 사이트가 해킹 당한 것 같아！

B：그럼 빨리 사이버 경찰에 신고해！

A：糟糕！公司網頁被駭客了！

B：趕快向網路警察報警。

◆ 큰일 나다：出大事了，不得了了

◆ 해킹：（被駭客）襲擊

◆ 신고하다：舉報，報警

（컴퓨터）바이러스（virus）電腦病毒 ♫294

例子

A：갑자기 컴퓨터 속도가 왜 이렇게 늦어졌지？

B：바이러스 체크해 봤어？

A：電腦速度怎麼突然變慢了。

B：掃過毒嗎？

◆ 속도：速度

◆ 체크하다：確認，檢查

擴展詞匯

트로이 목마：特洛伊木馬

악성코드：惡意程式碼

백신 프로그램：(vaccine program) 防毒軟體

바이러스에 걸리다：電腦中毒

바이러스를 잡다/치료하다：掃毒 / 解毒

해커 (hacker) 駭客 ♫295

例子

어제 정부기관의 사이트가 해커의 공격을 받아 서비스가 중단되었다.

昨天政府機關的網頁被駭客攻擊，所以都暫停服務了。

◆ 정부기관：政府機構
◆ 공격：攻擊，進攻
◆ 서비스：服務
◆ 중단：中斷，停止

스팸메일 垃圾郵件 ♫296

例子

A：매일 오는 수십 통의 광고메일. 이제 삭제하는 것도 지겨워！

B：스팸메일 차단해도 들어와？

A：每天都收到數十封的廣告郵件，光是刪除這個就讓人心煩。

B：即使過濾垃圾郵件也會收到？

◆ 통：封

◆ 삭제하다：除掉，刪除
◆ 지겹다：厭煩
◆ 차단하다：切斷，掐斷

인터넷 쇼핑

網路購物

인터넷 쇼핑몰 購物網 ♫297

例子

A：책을 한 권 사야 하는데 갈 시간이 없네！

B：인터넷 쇼핑몰에서 사. 가격도 싸고 직접 갈 필요도 없고,편하잖아！

A：我想要買本書，可是都沒時間去啊！

B：在網上買吧。便宜又不需要親自跑去，很方便！

◆ 직접：親自

e-머니（e-money）電子貨幣 ♫298

例子

A：옥션에서 물건을 사려고 하는데 돈이 좀 모자라.

B：e-머니 모아 둔 것 없어？

A：我想在 AUCTION 上買東西，可是錢不夠了。

B：你沒有存 e-money 嗎？

◆ 옥션（Auction）：韓國最大的拍賣購物網

◆ 모자라다：不足，不夠

◆ 모아 두다：儲存

웹서핑（web surfing）瀏覽（網頁） ♫299

例子

A：보통 주말에 뭐해요？

B：별거 없는데. 10 시쯤 일어나서 아점 먹고 TV 좀 보다가 웹서핑 조금 하면 금방 저녁 돼요.

A：平常周末都做什麼？

B：沒什麼特別。10 點起來吃個早午飯後看電視，再上上網，就到晚上了。

◆ 별거：特別的

◆ 아점：是表示由早飯的“아침”和表示中飯的“점심”組合而成，指早餐兼午餐。

D 나는 컴맹

我是電腦白癡

컴맹 電腦白癡 ● ● ● ♫300

指不懂電腦的人，由表示電腦（컴퓨터）的“컴”和表示文盲（문맹）的“맹”組合而成。類似的單詞還有“넷맹”，指不懂網路的人。

例子

A：이렇게 하고 마지막에 인쇄하고 저장만 하면 돼. 할 수있지？

B：아니,나 컴맹인 거 너도 알잖아？니가 끝까지 다 해줘！

A：這樣做完之後，最後再列印儲存就好了，這樣可以嘛？

B：不可以，你知道的，我是個電腦白癡，你幫我做完吧。

마지막：最後，最終

저장하다：儲存，保存

끝：盡頭，最後

독수리 타법 兩指神功 ♫301

“독수리”是禿鷹的意思，“타법”就是打字方法的意思，“독수리타법”是指用兩個食指敲打鍵盤的方法，看上去就像禿鷹在啄食一樣。

例子

A：야！신기하다. 어떻게 손가락 두 개로 이렇게 빨리 치냐？

B：나 독수리 타법 벌써 10 년째야！

A：哇，真神奇啊！這樣用兩個手指頭也能打這麼快啊？

B：我這兩指神功可是有十個年頭了。

신기하다：新奇，神奇

손가락：手指

치다：打，拍

E 문자 보내기

發簡訊

문자 씹다 不回簡訊 ♫302

例子

A：전화도 안 받고 문자 보내도 씹고, 아！정말 답답해 죽겠다！

B：누가？

A：여친.

B：너희 또 싸웠어？

A：電話不接也不回簡訊，真是煩死人！

B：誰啊？

A：我女朋友。

B：你們又吵架了？

◆ 여친 ："여자친구"的縮略形

◆ 싸우다 ：打架，吵架

文化點滴

韓國通訊系統與台灣的不同，韓國通訊系統為 CDMA，因此韓國手機不使用 SIM 卡，就和日本 PHS 系統一樣。

이모티콘 表情符號 ♫ 303

例子

A：우는 얼굴 이모티콘 어떻게 만들지？

B：'ㅠ'두 번 누르면 돼.

A：哭臉怎麼用符號表示啊？

B：打兩下"ㅠ"就可以了。

◆ 울다：哭

◆ 누르다：按，壓

經常使用的表情符號

^ ^ ^_^ ：微笑

(^0^) ～♫ ：興高采烈

*^_^* ：臉紅害羞的模樣

–_– ：不順心或不滿意的表情

ㅠㅠ ㅜㅜ：哭臉

인터넷 유행어

網路流行語

간지（나다）帥氣 ♫304

“간지”在日語中是“感覺”的意思，但在韓文中變成了“멋（帥氣）”的意思。最近韓國人經常用“와！간지난다”來代替“와！멋있다”使用。除此之外，“간지스타일（帥氣的風格），간지패션（帥氣穿著），간지남（穿得帥氣的男人），간지녀（穿得很時尚的女人）”。網路及報紙上常出現的單詞“소간지”則是指韓國男明星蘇志燮，而不是跟帥氣有關的意思。

例子

A：간지 나게 옷 입는 법 좀 가르쳐 줘.

B：잡지 봐！패션잡지 보면 많잖아！

A：教教我怎麼穿才帥氣呢？

B：多看看雜誌呀！時尚雜誌上不是有很多嘛！

◆ 잡지：雜誌

◆ 패션：時裝，時尚

귀차니즘 心煩 ♫ 305

由“귀찮음”和“-ism”組合而成，表示必須要做某事但著實令人心煩的意思。動詞多搭配“빠지다”使用，即“귀차니즘에 빠지다”。

例子

A：이 기사 읽어 보고 내용 좀 정리해 줘.

B：뭐가 이렇게 길어！정말 귀차니즘을 불러온다！

A：看完這篇報導後，把內容整理一下給我。

B：怎麼這麼長啊！真讓人覺得煩耶！

◆ 내용：內容

◆ 정리하다：整理，整頓

◆ 불러오다：叫來，導致

넘사벽 天壤之別 ♫ 306

是“넘을 수 없는 4 차원의 벽”的縮略語。以突出比較物件的優勢來說明雙方存在的巨大差別。

例子

A：이번 경기에서는 꼭 이기겠어！

B：포기해. 그 팀 우리에게는 넘사벽이야！

A：這次比賽一定要贏！

B：放棄吧。我們跟他們真的是天壤之別！

◆ 경기：比賽
◆ 이기다：勝，贏
◆ 팀：對，組

안습 眼睛濕潤 ● ● ● ♫307

是“안구에 습기차다”的意思，有流淚、悲傷、遺憾等多種含意。

例子

A：한밤중에 왜 안습이야？
B：흑흑！저 드라마 너무 슬퍼！
A：三更半夜的怎麼哭了？
B：嗚嗚，那個電視劇太催淚了！

◆ 한밤중：深夜，深更半夜
◆ 흑흑：嗚嗚

韓國語的擬聲詞擬態詞太難了！

台灣狗叫聲“汪汪”，韓國狗叫聲“멍멍”
台灣貓叫聲“喵喵”，韓國貓叫聲“야옹”
台灣雞叫聲“咯咯”，韓國雞叫聲“꼬끼오”

台灣牛叫聲“哞”，韓國牛叫聲“음매”
台灣的鐘錶聲 “滴答滴答”，韓國鐘錶聲“똑딱똑딱”
台灣人的心臟聲 “噗通噗通”，韓國人的心臟聲“쿵쿵”
台灣人的放屁聲“噗”，韓國人放屁聲“뿡”

강추 強烈推薦 ● ● ● ♫ 308

是“강력히 추천하다”的縮略語。

例子

A：일본 음식 먹으러 가려고 하는데 어디 추천할 곳 있어？

B：회사 앞에 새로 생긴 식당 괜찮아. 강추 메뉴는 우동.

A：我想吃日本料理，有沒有推薦的地方？

B：公司前面新開的飯店還不錯，我強烈推薦烏龍麵。

◆ 추천하다：推薦

◆ 메뉴：菜，菜單

◆ 우동：烏龍麵

쌤 老師 ● ● ● ♫ 309

是 “선생님” 的縮略語，原本始於網路，但現在在日常生活中也經常使用到。

例子

학생：담임쌤！요즘 어떻게 지내세요？

선생님：늘 그렇지 뭐.

學生：老師，最近過得怎麼樣？

老師：還是老樣子。

◆ 담임：擔任、負責，這裡 담임쌤 表示為級任老師的意思。

◆ 늘 그렇다：每天都一樣，老樣子

대략난감 難堪 ● ● ● ♫310

表示處境很難堪，左右為難。

例子

A：나 화장실 급해！

B：야！고속도로 한가운데에 화장실이 어딨어？

A：아！몰라. 나 급해！

B：어휴！정말 대략난감하네！

A：我急著要上廁所！

B：啊呀，現在正在高速公路上，哪裡有廁所呀？

A：啊！不行，我真的很急！

B：哎喲！我真的很為難耶！

◆ 고속도로：高速公路
◆ 한가운데：正中央

지못미 沒能守護你，真對不起 ♫311

“지켜주지 못해서 미안해요”的縮略語。

例子

지못미！김○○을 추모하기 위해 모인 인원이 전국 500 만 명을 돌파했다.

沒能守護你，真對不起！為了追悼金 XX，全國有超過 500 萬的人聚集在一起。

◆ 추모하다：追悼
◆ 인원：人員，人數
◆ 돌파하다：突破，超過

뽀샵질 指修改後的照片 ♫312

由“포토샵”和“-질”組合而成，表示用 Photoshop 修改照片或合成照片的意思。

例子

A：이거 너 맞아？얼굴이 다른데？

B：뽀샵질 좀 했어.

A：좀은 무슨！완전 다른 사람인데.

A：這是你嗎？怎麼長得不一樣了？

B：用 Photoshop 修改了一下。

A：一下？完全變了個人嘛。

◆ 얼굴：臉蛋

韓國姓名

韓國人的姓氏中金姓最多，約占韓國人口的 20%，其次是李姓（約 14%）、朴姓（約 8%）。韓國人名字一般為 3 個字，但以前人們取名字不受任何的限制，可以取任何長度的名字，因此後來韓國政府為了限制人們取過長的名字，規定名字最長包括姓氏為 6 個字。現在韓國最長的名字為"김온누리빛모아사름한가하"，這個名字因為是在規定之前就取好的，因此這名字至今還是有效的。

接下來我們就來了解一下名字中常用的字有哪些。

男人的姓名多採用

성（成），호（皓），수（秀），혁（赫），상（上），석（石），재（才），철（哲），종（鐘），훈（勳），동（東），용（龍），욱（旭），섭（燮），승（勝），태（泰）等

女人的姓名多採用

미（美），희（姬），은（恩），숙（淑），정（靜），영（英），경（慶），현（賢），선（善），혜（慧），주（珠），진（真），연（蓮），예（藝）等。

我們再來談一談比較土氣的名字。女人的名字帶“자”的都比較土氣，如“미자”、“춘자”，帶“순”的也很土氣，如“봉순”、“영순”。男人的姓名中就沒有特別土氣的字。

초식남/건어물녀 草食男/魚乾女

♫313

“초식남”指對工作、戀愛與人生都顯得被動的男性，甚至，連性愛都覺得麻煩，看起來就像一隻只顧低頭吃草，無視身旁景物變化的「草食動物」。

“건어물녀”是指過著正常的生活，在工作表現上很精明幹練，人際關係也不錯，但不熱衷於聚會或約會，也不會去想談個戀愛，下班就回家在換上舒適的衣服，胡亂紮起頭髮過著悠閒的生活的女性。

例子

A：우리 팀장님은 얼굴도 예쁘고 능력도 있고，쫓아다니는 남자가 얼마나 많겠어？

B：쫓아다니는 남자는 많은 거 같은데 연애는 안 하셔.

A：왜？

B：몰랐지？팀장님 건어물녀야.

A：我們組長人又漂亮又很有能力，一定有很多追求者吧？

B：好像有很多追求者，但她不談戀愛啊。

A：為什麼？

B：不知道？我們組長可是個魚乾女呢。

◇ 팀장：組長

◇ 능력：能力，實力

◇ 쫓아다니다：追，跟

야동 A片 • • • ♫314

是"야한 동영상"的縮略語。

例子

A：왜 그렇게 놀래？

B：아…아…아무것도 아니야.

A：말까지 더듬네！너 또 야동 봤지？이 변태！

A：為什麼這麼吃驚？

B：啊……嗯……沒什麼。

A：還結結巴巴的，你是不是又看A片了，你這個變態。

◇ 놀라다：吃驚，驚訝

◇ 말을 더듬다：口吃

◇ 변태：變態

CHAPTER 10

기타

其他慣用語

CHAPTER 10

기타

其他慣用語

호랑이도 제 말 하면 온다 說曹操曹操就到 ♫315

例子

A：○○는 요즘 어떻게 지내요？

B：글쎄요. 저도 못 본지 한참 됐어요.

○○：안녕하세요！오랜만이에요！

B：호랑이도 제 말 하면 온다더니 정말 왔네요！

A：XX 最近過得怎麼樣？

B：不知道。我也好久沒看到他了。

XX：你們好，好久不見了。

B：說曹操曹操到，還真來了。

◆ 한참：好長一陣子

돌팔이（의사）赤腳醫生 ♫316

赤腳醫生是指從老師傅那裡傳授所學來的醫術，未經合法考試也無醫師執照的違法醫生。

例子

A：엄마,어제 간 치과,그 의사 돌팔이 아니야？

B：왜？뭐가 이상해？

A：치료한 이가 이전보다 더 아파！

A：媽，昨天那個牙科的醫生是不是個赤腳醫生啊？

B：怎麼了，有什麼不對嗎？

A：治療的那顆牙齒比先前更痛了。

key word

◆ 치료하다：治療

◆ 이：牙齒

醫院的各科室

내과：內科

외과：外科

소아과：小兒科

이비인후과：耳鼻喉科

피부과：皮膚科

치과：牙科

안과：眼科

정신과：精神科

성형외과：整形科
산부인과：婦產科

우울증 憂鬱症 ♫317

例子

A：아무래도 나 우울증에 걸린 것 같아?
B：그럼 빨리 병원에 가 봐. 조기에 치료하면 쉽게 나을 수있어.

A：我好像得了憂鬱症了。
B：趕快去醫院看看吧。早期治療比較容易好。

key word

◆ 아무래도：再怎麼想，不管怎麼樣
◆ 조기：早期
◆ 낫다：痊癒，好

韓國人的自殺率為什麼那麼高？

報紙只要一出現“韓國演員×××自殺身亡”的新聞，人們就會問：“為什麼韓國人經常自殺？”一般的韓國人應該也不明白其中的原因，也許是壓力引起的憂鬱症吧？其實了除了韓國藝人，一般百姓也深受憂鬱症之害而頻繁地出入精神科，甚至不少高三學生因為聯考的關係，而需要接受精神科醫生的心理治療。也許韓國人的個性較為強悍，長期處於競爭激烈的環境下，生存危機引起的吧。

남존여비 重男輕女 ♫318

例子

A：너는 아들 낳고 싶어？딸 낳고 싶어？

B：아들！

A：왜？딸도 괜찮잖아.

B：싫어！나는 무조건 아들！

A：야！너같은 남존여비 사상을 가진 사람들 때문에 우리 여자들이 무시당하는 거야！

A：你們想生兒子還是女兒？

B：兒子！

A：為什麼？女兒不是也很好嗎？

B：不好，我就是喜歡兒子。

A：就是因為你們這種有重男輕女的想法的人，才讓我們女性受到歧視。

◆ 사상：思想

◆ 무시 당하다：被人歧視，被人看不起

생쇼하다 作秀 ♫319

「作秀」本來是藝人為了娛樂觀眾所做的各種表演，但是現在的人把所有在公眾之前所作的任何演出、動作，都認為是「作秀」。此中意味著好表演、好求虛名、好贏得別人的讚美，而名之為「作秀」。

例子

A：니 동생, 캠코더 앞에서 뭐 해？

B：몰라！아침부터 저 앞에 서서 노래하고 춤추고,아주 생쇼를 한다！

A：你弟弟在攝影機前面幹什麼呢？

B：不知道，一早起來就在那前面又是唱又是跳，很愛作秀假裝。

◆ 캠코더：(camcorder)攝影機

가지가지하다 指做了各式各樣的；花樣百出 ♫ 320

例子

A：너 이 바보！내가 언제 전화했는데 이제 와？

B：아휴！이게 대낮부터 취해서 욕하고 소리 지르고, 참 가지가지한다！

A：你這個笨蛋！我什麼時候打的電話，你現在才來？

B：唉呀！大白天就喝醉酒，還亂罵人大聲吼叫，真的是出盡了洋相！

◆ 대낮：大白天
◆ 취하다：喝醉
◆ 욕하다：罵
◆ 소리 지르다：大聲喊叫

국가대표 最棒的 ♫321

指在某領域稱得上是最棒的。一般用作 **"국가대표 ○○"** ，或者 **"○○은 국가대표이다"** 。

例子

A：너는 볼링 친지 벌써 10 년인데 어쩌면 그렇게 못 치냐？

B：크크,그래도 폼은 국가대표잖아！

A：你打保齡都打了10 年了，怎麼打得還這麼爛啊?

B：呵呵，不管怎麼說我這架勢是最棒的吧！

◆ 볼링：保齡球
◆ 폼：姿勢

짭새 警察 ● ● ● ♫ 322

稱呼警察的暗語，含貶低之意，類似中文的條子。警車則稱作 **“빽차”**，也含貶低之意。

例子

A：거리에 왠 짭새가 이렇게 많아？

B：몰랐어？오늘 요 앞 광장에서 시위하잖아.

A：街上怎麼這麼多條子？

B：你不知道啊？今天前面的廣場上在示威遊行。

◆ 왠：哪兒來的，什麼

◆ 요 앞：就在前面

◆ 시위하다：示威，示威遊行

조기유학 指年紀很小就出國留學 ● ● ● ♫ 323

例子

A：우리 아이가 영어를 못해서 걱정이 태산이에요. 그래서 조기유학을 보내려고 하는데 어디가 좋을까요？

B：글쎄요. 요즘은 호주로 많이 가던데.

A：我的小孩因為英文不好，讓人很擔心。所以想要早點送他去留學，但去哪國比較好呢？

B：最近大都去澳洲比較多。

◆ 걱정이 태산：憂心忡忡

◆ 호주：澳洲

개뿔 胡說八道 ♫324

例子

A：신문에 나온 미스터리 써클 봤어？정말 외계인이 있을까？

B：외계인은 무슨 개뿔！

A：你看到報紙登出來的麥田圈了？真的有外星人嗎？

B：那是騙人的！

◆ 미스터리 써클：麥田圈

◆ 외계인：外星人

셀카 自拍 ♫325

셀프카메라（self camera）的縮略語。也有下列這些用法：**"디카"** 是 **"디지털카메라"** 的縮略語，**"몰카"** 是 **"몰래 카메라"** 的縮略語。

例子

A：너는 세수도 안 하고 아침부터 왠 셀카？

B：찍어서 엄마, 아빠한테 보낼 건데 좀 더러운면 어때？

A：인간아！그래도 샤워 좀 하고 찍어라！

A：一早起來為什麼不洗臉就自拍呀？

B：拍給爸媽看的，所以髒點又有什麼關係？

A：你這個人啊！那也得先沖個澡再拍啊！

◆ 더럽다：髒

◆ 샤워하다：沖澡

去韓國就是為了洗個澡？

在韓國語中"샤워하다"和"목욕하다"有著不同的含義。
一般"샤워"是沖澡的意思，"목욕하다"含有搓澡之意。
韓國人搓澡的時候喜歡使用"때타올（搓澡巾）"，搓澡巾是一種表面有較粗紋理的粗布巾，用於搓起身體上的死皮，使用搓澡巾搓澡身體雖然會被搓得通紅，但搓完之後會有身心舒暢的感覺。由於搓澡也是需要花體力的，所以澡堂裡有專門幫忙搓澡的人。近來韓國這種搓澡文化已成為外國遊客眼中有趣的文化現象之一，據說不少遊客還專門為了洗個澡而跑一趟韓國。

대박 會紅會受矚目、大紅大紫的意思 ♫ 326

常用作 **"대박 나다"**、**"대박 터지다"**。

例子

A：오늘 삼계탕집에 왠 사람이 이렇게 많아？

B：몰랐어？오늘 삼계탕집,보신탕집 대박 나는 날이잖아.

A：응？

B：복날！

A：今天蔘雞湯店裡怎麼這麼多人啊？

B：你不知道啊？今天不就是蔘雞湯、補身湯最受矚目的日子嗎？

A：啊？

B：伏天日啊！

◆ 삼계탕：蔘雞湯

◆ 보신탕：補身湯，狗肉湯

◆ 복날：伏天日

伏天日喝"補身湯"

韓國人在炎熱的夏季為了抵禦酷暑有在伏天日喝"삼계탕（蔘雞湯）"和"보신탕（補身湯）"的習俗。

蔘雞湯是不分男女深受大衆喜愛的飲食；而補身湯則是男性喜愛的飲

食。補身湯又叫做"멍멍탕"，韓國人因為吃狗肉的習慣而受到世界各國的指責以及國內動物保護協會等的反對，但即使在這樣的情況下韓國男性仍舊保持著吃狗肉的習慣，由此可見韓國人對補身湯的熱愛。

조폭 黑道 ♫327

是 **"조직 폭력배"** 的縮略語

例子

A：저기 빡빡머리에 검은 양복 입은 사람,좀 이상하지 않아？

B：쳐다보지 마！딱 보니까 조폭이네！

A：那個光頭穿黑西服的人是不是有點奇怪啊？

B：別看，那人一看就是黑道的啊。

◆ 빡빡머리：光頭

◆ 딱 보다：一看

별자리 星座 ♫328

例子

A：미진씨,별자리가 뭐예요？

미진：전갈 자리요.

A : 전갈 자리이면 질투심이 엄청 강하겠다.

미진 : 어머 ! 아니예요.

A：美真，你是什麼星座？

美真：是天蠍座。

A：天蠍座的忌妒心是很強的。

美真：才不是呢。

◆ 전갈 : 蠍子

◆ 엄청 : 非常，十分

◆ 질투심 : 忌妒心

12 星 座

염소자리 : 摩羯座	사수자리 : 射手座
물병자리 : 水瓶座	게자리 : 巨蟹座
물고기자리 : 雙魚座	사자자리 : 獅子座
양자리 : 牡羊座	처녀자리 : 處女座
황소자리 : 金牛座	천칭자리 : 天秤座
쌍둥이자리 : 雙子座	전갈자리 : 天蠍座

혈액형 血型 ♫ 329

例子

A : 너는 조용하고 차분한 성격이니까 A형, 맞지 ?

B : 아니, 나 혈액형 B형인데.

A：你話不多又文靜，你是 A 型吧？

B：不是，我是 B 型。

◆ 조용하다：安靜，話不多

◆ 차분하다：文靜，平靜

B型男朋友？哦，不！

每個國家對於血型所代表的性格解釋都有所不同，所以很難明確地定義每個血型的性格特點。在韓國 B 血型男性的性格太過直率、火爆，對女孩子不夠細心體貼，所以韓國女孩子比較不喜歡B型的男生。

下面我們就來看一些關於血型的趣聞吧。

獨自被扔到沙漠也能生存下去的血型

第 1 名 B 型，B 型一向以擁有頑強的生命力而自豪，所以 B 型一定能生存下來。

第 2 名 A 型，A 型會竭盡全力思考生存下來的方法。

第 3 名 AB 型，管他是死是活，隨你處置的風格。

第 4 名 O 型，O 型討厭獨自一個人的生活，聒噪的 O 型若沒有人可談話說不定會自殺。

有可能成為富人的血型

第 1 名 O 型，O 型比較重視金錢。

第2 名 B 型，B 型屬於積少成多類型的富人。

第 3 名 AB 型，AB 型不喜歡錢這種事物。

第 4 名 A 型，與錢相比 A 型更注重名譽。

絕不可能得第一的血型

第 1 名 AB 型，不努力，並且對名次根本不關心。

第 2 名 A 型，A 型沒有這方面的欲望和野心。

第 3 名 B 型，不管怎樣 B 型總是會努力一把。

第 4 名 O 型，O 型會拼死用功，即使不睡覺也要得第一名。

監獄裡哪種血型比較多？

O 型和 B 型。搶劫犯大多是 O 型，B 型犯的則是些無賴無恥的罪行。

精神病院的常客？

A 型和 AB 型。A 型多患憂鬱症和自閉症，AB 型則多患精神分裂症。

러시아워（rush hour）指交通的尖峰時間 ♫ 330

例子

A：언제 출발 할까요？

B：저녁 5 시부터는 러시아워니까 지금 빨리 출발합시다.

A：什麼時候出發？

B：下午 5 點就是交通的尖峰時間了，現在快點出發吧。

합승하다 共乘 ♫ 331

例子

A：야！오늘은 또 왜 이렇게 늦었어？

B：합승하려고 길에서 30 분이나 기다렸는데 오는 차마다 방향이 안 맞아서. 미안해.

A：今天怎麼這麼晚啊？

B：為了搭共乘計程車在路上等了 30 分鐘，每輛車都不順路，對不起。

◆ 방향：方向

아저씨，따블！

在韓國共乘計程車的事情很常見，人們可以攔下已載有客人的計程車問路，如果方向相同的且車上的乘客也同意的話，就可以一起共乘一輛計程車。

偶爾可以看到一些喝醉的人為了共乘程車高喊著"따블"，計程車一般不願搭載醉酒的人，所以當他們喊著"따블"表示自己願意出雙倍的價錢搭車。韓國每個地方的計程車費用各不相同，首爾的計程車起步價為 1900 元韓元，而一般的公車刷卡乘車時費用為 900 元韓元，現金支付價為 1000 元韓元（2009 年 7 月標準）。

乘坐公車下車時一定要提前按下車按鈕，若刷卡乘車時上車和下車時都要刷卡（因為有換乘免費政策，所以下車時也要刷卡），下面我們就來學習一下搭乘計程車時的用語吧。

搭計乘程車時的用語

택시 잡다：攔計程車

돌아가다：繞路

좌회전：左轉
우회전：右轉
직진：直走
신호등을 지나다：過紅綠燈
차선을 바꾸다：換車道
U턴하다：迴轉
끼어들다：超車
세우다：停車
교통경찰：交警

방콕 指待在家裡不出門 ♫332

是**"방에 콕 박혀 있다"**的縮略語，此單詞跟泰國首都曼谷（**방콕**）的發音相同，注意不要引起誤會。

例子

A：김대리님, 올 해 여름휴가는 어디로 갈 거예요?
B：휴가요? 방콕이요.
A：방콕 가세요? 부럽다!
B：아니요. 집에서 방콕할 거라구요.

A：金代理，今年夏季休假要去哪兒啊？
B：休假？待在家裡（與曼谷同音）。
A：去曼谷啊？真好！
B：不是，我是準備在家裡待著。

◆ 부럽다：羨慕

지름신 내리다 衝動購物、像是著魔一樣只想買東西 ♫333

年輕人常用的一句流行語，**“지름신”**是指能使人花錢消費的神靈。這句話可以解釋為衝動購物。

例子

A：회사 앞 백화점에서 오늘부터 30% 세일해. 우리 가 보자.

B：안돼！나는 백화점에만 가면 지름신이 내려서.

A：公司前面那家百貨公司從今天開始有 7 折優惠，我們去看看吧。

B：不行，我一去百貨公司就像著了魔一樣會亂買東西。

◆ 세일하다：打折

優惠標籤

在韓國若遇上打折時，店家都會用“×%세일”來表示，如打八折的的話會用“20%세일”來表示，打七折用“30% 세일”表示。近來由

於韓元匯率下跌，到韓國旅遊的日本人和台灣人大幅增加，在首爾的明洞幾乎處處都可以聽得到日語和中文，有些商家甚至專門雇用了會說中文的店員。在韓國如果想購物的話，首爾的明洞、東大門、南大門市場等地方比較值得一去，這些地方都是以服裝、首飾、鞋、包為主，最後別忘了討價還價，只要你有講價的本事就可以以買到物美價廉的東西。

텔레파시（telepathy）心電感應 ♫ 334

可用作 **"텔레파시를 보내다"** 、**"텔레파시를 받다"** 、**"텔레파시가 통하다"** 。

例子

A：나 보고 웃어라！웃어라！웃어라！얍！

B：너 지금 뭐 하냐？

A：말 시키지 마！지금 저 남자한테 텔레파시 보내는 거 안 보여？

A：快對我笑一笑！對我笑！對我笑！

B：你在幹嘛？

A：別跟我說話，沒看見我現在正在向那個男的心電感應嗎？

웰빙 健康 ♫ 335

"Well-being" 指通過協調身體上、精神上的健康，享受幸福美好生活的概念。

例子

A：엄마,우리 맥도날드 가서 햄버거 먹어요.

B：아들！너 웰빙음식 안 먹고 매일 콜라,햄버거같은 것만 먹으니까 이렇게 뚱뚱한 거야. 안돼！집에 가서 김치볶음밥 먹어.

A：媽，我們去麥當勞吃漢堡吧。

B：兒子啊，你不吃健康的食物，每天就喝可樂吃漢堡所以才這麼胖啊。我們不去，我們就在家泡菜炒飯吧。

◆ 맥도날드：麥當勞
◆ 햄버거：漢堡
◆ 뚱뚱하다：肥胖
◆ 김치볶음밥：泡菜炒飯

韓國各地方飲食特色

首爾飲食

首都首爾彙集了各地方的特產，因此飲食文化也非常發達。首爾飲食的味道不偏鹹也不偏淡、味道適中，飯菜量雖少但種類繁多。

江源道飲食

江源道靠山靠水，產品種類頗多，以土豆、玉米、蕎麥、橡子等高山地區的特產以及海產品為原料製作的飲食而聞名，其中以玉米製作的玉米麥芽糖尤為出名。

慶尚道飲食

慶尚道的人們喜愛吃魚，魚直接被人們稱作肉，飲食偏鹹、偏辣。

全羅道飲食

韓國有句俗話叫做，“論飲食要屬全羅道”，全羅道以美食而聞名。全羅道的人們對飲食有著特殊的感情，可以說甚至有些奢侈。味道相比其他地區偏鹹，注重辣味和刺激性味道。全羅道的辣椒醬、酒、全州拌飯尤為出名。

濟州島飲食

濟州島飲食以海藻為主材料，採用醬料調味，以保留各種食材的原滋原味為特點。具有代表性的飲食有海帶粥、鮑魚粥等粥類飲食。

재벌 2 세 富二代 ♫336

例子

A： 와！여주인공이 결국 재벌 2 세와 결혼하는구나！부럽다！

B：정신 차려！저게 드라마지,현실이냐？

A：哇，女主角最終還是和富二代結婚了，真讓人羨慕啊。

B：醒醒吧！那是連續劇，不是現實生活。

◆ 여주인공：女主角

◆ 정신차려：振作精神，醒醒

◆ 현실：現實

나서다 站出來、表現出來，有愛出風頭、愛管閒事的意思 ♫337

例子

A：하루종일 어디에 갔다 이제 돌아와？

B：친구 집 구해 주고 후배 아르바이트 구해 주고. 어느새 시간이 이렇게 늦었네！

A：친구 집 구해 주고 후배 아르바이트 구해 주고, 니가 무슨 슈퍼맨이야？왜 이렇게 여기저기 나서！

A：一整天都去哪兒了，現在才回來？

B：幫朋友找房子，又幫學弟找打工的工作，不知不覺就這麼晚了。

A：幫朋友找房子？幫學弟找工作？你是超人啊？怎麼這麼愛管閒事？

◆ 구하다：找

◆ 어느새：轉眼間，不知不覺

◆ 슈퍼맨：超人，女性就叫做“슈퍼우먼”

당근 當然 ♫338

原指胡蘿蔔，幾年前成為了年輕人口中表示“當然”的流行語。

例子

A：오늘 축구 준결승전,우리 학교가 이겼지？

B：뭘 물어？당근이지！

A：今天是足球準決賽，我們學校贏了吧？

B：這還用問啊？當然了！

◆ 준결승전：準決賽

엽기 野蠻搞怪 ♫339

奇怪和非比尋常的事情。

例子

A：요즘 인기 최고인 엽기 사이트 봤어？

B：아니.

A：한번 봐. 정말 별의별 사람이 다 있어.

A：你看了最近最受歡迎的搞怪網站了嗎？

B：沒有。

A：看看吧，真的是什麼人都有。

◆ 최고：最高，最佳

◆ 사이트：網站

◆ 별의별：各式各樣、形形色色

배 째！要怎麼樣就怎麼樣 ♫340

本是切腹的意思，韓國常常用這句話來耍無賴。當對事情束手無策，不想解決事情時就會說 **"난 몰라 배째"**（要宰要割隨便你）。

例子

A：너 양심도 없다！돈 빨리 갚아. 나 급히 써야 돼？

B：몰라！지금은 돈 없어,배 째！

A：你還有沒有良心呀？快還我錢，我現在急用。

B：我現在沒錢，要宰要割隨便你啦，我不管了…

◆ 양심：良心

◆ 갚다：償還

죄다 全都 ♫341

副詞，表示全都的意思，只可用於口語。

例子

A：아！머리 아파！무슨 책이 죄다 영어야？

B：쯧쯧,그러니까 평소에 영어 공부 좀 하지.

A：啊！頭好痛！這本書怎麼全部都是英文呀？

B：嘖嘖，所以平常就應該要好好念英文呀！

◆ 쯧쯧：嘖嘖

◆ 평소：平時

튀다 搶眼，惹眼 ♫342

原指彈跳，彈開的意思，近來都用來形容某人或某物過於搶眼的意思。

例子

A：사무실 분위기가 왜 이래？

B：조용히 해,부장님 화 났으니까 튀지 말고 가만히 있어.

A：辦公室的氣氛怎麼這樣？

B：安靜一點，部長發火了，所以別太搶眼，安靜一點。

◆ 분위기：氣氛，氛圍
◆ 가만히：靜靜地，默默地

트렌드（trend）流行趨勢 ♫343

含有流行趨勢之意，近來跟 **"유행"** 相比，韓國年輕人更多使用 **"트렌드"** 。

例子

A：핑크 원피스에 핑크 구두, 너무 튄다！
B：너는 TV도 안 보냐？요즘은 핑크색이 트렌드야.

A：粉紅連身裙加粉紅靴子是不是太搶眼了？
B：你沒看電視啊？現在粉紅色是流行耶！

◆ 핑크：粉紅
◆ 원피스：連身裙（투피스：兩件式，쓰리피스：三件式）

오버하다 過分，誇張 ♫344

源於英語 **"오버액션（Over-action）"** ，表示誇張的行動或話語。

例子

A：뭐라구？그 자식이 너 바람 맞혔다고？내가 이 자식 다리를 분질러 버린다！지금 어디에 있어？어디 있어？

B：오버하지 마. 나 위로하려고 일부러 그러는 거 티난다！

A：什麼？那傢伙放你鴿子？我要打斷他的腿。他現在在哪？在哪裡？

B：別那麼誇張，我知道你是為了安慰我所以故意那樣的！

key word

◆ 바람 맞히다：放鴿子
◆ 분지르다：折斷，弄斷
◆ 위로하다：安慰，慰問
◆ 일부러：特意，故意
◆ 티 나다：看得出來

열 받는다 頭腦發熱，心裡冒火 ♫345

例子

A：아！못살아！

B：왜 그래？

A：하루 종일 작업한 파일인데 날아갔어.아！열 받아！

B：중간에 한 번도 저장 안 했어？

A：天呀！我要死了！

B：怎麼了？

A：我做了一天的檔案都沒了，啊！氣死我了。

B：中間一次也沒存檔嗎？

◆ 작업하다：工作、作業

◆ 파일：文件

◆ 날아가다：飛走，揮發；消失，不見

◆ 저장하다：儲存，保存

끝내주다, 죽이다 指某種事物好到極點 ♫ 346

例子

A：아무리 배우지만 어쩌면 저렇게 능청스럽게 연기를 잘할까！

B：그러게, 연기 하나는 정말 죽인다！

A：雖然只是個演員，但他奸詐的演技演的真好！

B：是啊。演的真的太厲害了！

◆ 어쩌면：不知怎麼搞的，怎麼

◆ 능청스럽다：假惺惺、奸詐狡猾的樣子

◆ 연기：演技

잠수타다 潛水，躲起來 ♫ 347

是 **"잠수함을 타다"** 的縮略語，含有"潛水，躲起來"之意。

例子

A：최근에 ○○ 만난 적 있어？

B：아니,본 지 한참 됐는데. 그런데 ○○는 왜 찾아？

A：받을 돈이 있는데 안 보이네！아무래도 잠수탄 것 같아.

A：最近看到 XX 嗎？

B：沒有，好久沒看到了，你為什麼找他呢？

A：他欠我錢但都沒遇見他，好像躲起來了。

◆ 한참 ：好長一會兒，很長時間

◆ 아무래도 ：不管怎樣、到底、總是、未免

국물도 없다 門都沒有，休想 ♫ 348

湯本身就沒什麼味道，但是連沒什麼味道的湯都沒有的話，就表示"門都沒有，休想"的意思了。

例子

A：이번 한번만 좀 도와줘. 부탁해！

B：너 가슴에 손을 얹고 생각해 봐. 니가 예전에 나한테 어떻게 했는지. 국물도 없어！

A：就幫我這一次，拜託了！

B：你摸摸你的良心，你以前是怎麼對我的，幫你？休想！

◆ 부탁하다：請求

◆ 가슴에 손을 얹고 생각하다：直譯為“把手放在胸口想想”，意譯為“摸摸良心”。

◆ 예전：以前，往日

태클 걸다 故意挑毛病 ♫349

例子

A：오늘 완전히 재수 없는 날이야！

B：왜？무슨 일 있었어？

A：오늘은 만나는 사람마다 다 태클 걸어 나를 열 받게 하네.

B：신경쓰지 마. 살다보면 그런 날도 있지 뭐！

A：今天真是倒楣的一天啊！

B：怎麼了？發生什麼事了？

A：今天遇到的每個人都在找我麻煩，氣死我了。

B：別傷腦筋了。人活著難免有這樣的時候嘛！

◇ 재수 없다：運氣不好，倒楣
◇ 열 받다：直譯為“受熱”，意譯為“頭腦發熱，生氣”
◇ 신경 쓰다：費神，傷腦筋

옥에 티 玉之瑕，美中不足 ♫350

表示“完美的事物裡有一點瑕疵”的意思。

例子

A：여기 어떠세요？마음에 드세요？

B：경치도 좋고，공기도 좋고，인심도 좋고，음식도 맛고 다 좋은데 교통이 좀 불편하네！그게 옥에 티네！

A：這裡怎麼樣？還喜歡嗎？

B：風景不錯、空氣也很新鮮、人情味也很濃厚、吃得也好吃，就是交通不方便，美中不足啊。

◇ 경치：風景，景色
◇ 공기：空氣
◇ 인심：人心，人情味

촛불시위 蠟燭示威 ♪351

參加示威的人都手持著蠟燭，所以又叫做蠟燭示威。

例子

A：한밤중에 왜 사람들이 저렇게 많아？

B：오늘 대규모 촛불시위가 있다고 했는데 그 사람들인가 봐.

A：深更半夜的，人怎麼這麼多？

B：聽說今天有大規模的蠟燭示威，可能是參加示威的人吧。

◆ 한밤중：深夜，深更半夜

◆ 대규모：大規模

프라이버시 隱私 ♪352

例子

A：（방문을 확 열며）은정！

B：엄마！들어올 때 노크 좀 해！나도 프라이버시가 있다고！

A：（猛地敞開了房門）恩靜！

B：媽媽！進來的時候請敲門，我也是有隱私的。

◆ 방문：房門

◆ 노크하다：敲門

뻥치다 吹牛，撒謊 ♫353

類似的表達還有**“허풍 떨다**（說大話，吹大牛）**”**、**“구라 치다**（撒謊）**”**。

例子

A：나 이번 시험에서 1 등 했어！

B：못 믿어！뻥이지？

A：뒤에서 1 등,하하.

A：這次考試我考了第一名。

B：我不信，你吹牛吧。

A：倒數第一名，哈哈。

◆ 1 등：第一名

◆ 뒤에서：從後面，倒數

닭살 돋다 起雞皮疙瘩 ♫354

例子

A：이 영화 정말 무섭다！

B：나는 저 귀신 목소리만 들어도 닭살 돋는다！

A：這電影真可怕。

B：我一聽到那個鬼的聲音就起雞皮疙瘩。

◆ 귀신：鬼

죽었다 死定了 ♫355

例子

A：미안해. 다시는 안 그럴게.

B：도대체 몇 번째야？나 더 이상 못 참아. 너 오늘 죽었어！

A：對不起，我再也不敢了。

B：這都是第幾次了？我忍無可忍了，你今天死定了。

◆ 도대체：到底，究竟

◆ 참다：忍住，忍耐

쪽팔리다 丟臉 ♫356

例子

(친구가 춤을 추다가 넘어졌다)

A：야！괜찮아？다친 데 없어？

B：어우！쪽팔려.

（朋友跳舞的時候摔倒了）

A：沒事吧？有沒有受傷？

B：天呀！超丟臉的！

◆ 넘어지다：摔倒，跌倒

매를 벌다 找打，欠揍 ♫357

例子

A：아！짜！이거 맛이 왜 이래？

B：하하,꼬시다！

A：너 왜 커피에다 소금을 넣었어？

B：그러니까 니가 타 먹으라고 했잖아.

A：너 이리 와！니가 매를 버는 구나！

A：啊，鹹死了，為什麼是這種味道？

B：哈哈，活該！

A：咖啡裡怎麼能放鹽呢？

B：所以叫你自己泡啊。

A：你給我過來！你欠揍！

key word

◆ 짜다：鹹

◆ 넣다：放，裝

◆ 타다：沖

짝퉁 山寨的，假的 ♫358

類似的詞語還有 **"가짜"**、**"짜가"**、**"모조품"**、**"이미테이션"**。

例子

A：어！이거 명품이잖아. 얼마야？비싸지？

B：짝퉁이야. 진짜 같지？난 뭘 입어도 명품 같다니까.

A：這個不是名牌嗎？多少錢呢？很貴吧？

B：這是假的，很像真的吧？那是因為我穿什麼都像是真的。

◆ 명품：名牌

◆ 진짜：真的

索引 Index

2 차 가다 165
9 등신 76
CC 119
CCTV 243
e-머니 263
IMF 외환위기 198
가지가지하다 282
간도 쓸개도 없다 84
간이 붓다 83
간이 콩알만 하다 83
간지（나다） 268
강추 271
개런티 235
개미 허리 75
개뿔 285
거식증 176
건배 157
검은 머리가 파 뿌리 되다 38
게이 69
게임하다 179
결혼은 연애의 무덤 35
계란형 얼굴 74
고딩 114
공부벌레 113
공처가 33
구두쇠 100
구두쇠 98
구조조정 197
국가대표 283
국물도 없다 305
국수 먹다 28
국제 결혼 32
군살 150
귀가 얇다 96
귀차니즘 269
그냥친구 111
근육맨 68
글래머 71
금강산도 식후경 166
기러기 아빠 200
기생 오라비 67
까칠하다 64
꼴찌 103
꽃미남 8
꾀죄죄하다 86
끝내주다・죽이다 304
나가 죽어 219
나서다 298
나이트（클럽） 177
남 주기는 아깝고 나 갖기는 싫고 52
남존여비 281
내성적 92
내숭 떨다 22
넘사벽 269
네일아트 146
네티켓 248
넥타이 부대 189
년 211
놈 210
누리꾼 247
눈도장 찍다 193
눈에 콩깍지가 씌이다 21
눈에서 멀어지면 마음에서도 멀어진다 43
눈치 없이 끼다 48
다운되다 259
다운로드 258
다이어 146
다크써클 152
단골손님 183
닭살 돋다 310
당근 299

대략난감 272
대머리 57
대박 287
대쉬하다，작업 걸다 18
대학오학년 195
더치페이 181
데뷔하다 227
독수리 타법 265
돌싱 54
돌팔이（의사） 279
동성연애 50
동아리，서클 116
돼지 목에 진주 목걸이 154
떡밥글，낚시글 250
뚱보 59
뜨다 228
라틴댄스 148
××랜드，놀이 공원 180
러브샷 156
러시아워 291
렌즈 131
로그인，로그아웃 246
로또 202
로큰롤 233
룸메이트 109
리플，댓글 249
립스틱 136
립싱크 232
마마보이 65
마스카라 138
마음이 약하다 95
만년 ○○ 199
만인의 연인 13
말을 더듬다 60
맛이 가다 218
（맞）선보다 27
매를 벌다 311
맥주병 89
먹고 마시고 노는 친구 112
먹을 복 있다 168
멋쟁이 88
멍청이，등신；밥통 213
명퇴，명퇴자 196
명품족 131
모자라다 215
몸짱 81
무다리 76
문신하다 145
문자 씹다 266
문제아 107
물광 메이크업 139
미니스커트 126
미시족 37
미인박명 51
미팅 49
바가지 긁다 34
바가지 씌우다 184
바람 피우다 40
바람맞다 41
바보 212
바탕화면 258
박스오피스 238
발렌타인데이 25
발이 넓다 91
방콕 293
배 째！ 300
배 터지다 174
백수 196
버터왕자 68
벼락부자 203
벼락치기 104
변덕이 죽 끓다 79

별자리 288
병신 214
보톡스 135
복고풍 124
부부 싸움은 칼로 물 베기 26
브릿지 넣다 143
블로그 253
비위 상하다, 밥맛 없다 172
비자금 201
비행청소년 108
빈대 붙다 182
뻔뻔하다 93
뻥치다 309
뽀뽀하다, 키스하다 20
뽀샵질 273
사랑에 빠지다 14
사오정 94
사이버 259
사이코 217
살인 미소 11
삼각관계 42
삼총사 111
삽질하다 219
상사병 46
새가슴 82
새끼 211
색마 71
샐러리맨 188
생방송 234
생쇼하다 281
생얼 123
선탠 144
성형 미인 134
성형수술 132
성형외과 133
세련되다 87
섹시하다 73
셀카 285
소꿉친구 110
속도 위반 30
손이 크다 89
수다떨다 61
수업을 빼먹다, 땡땡이 치다 108
술고래 157
술주정 159
스캔들 227
스킨십 24
스타일 125
스토커 45
스트레스 204
스팸메일 261
슬롯머신 179
시청률 239
(시험 문제를) 찍다 102
시험을 망치다 103
식신 169
식충이 215
신년 특선 영화 238
신용불량자 205
싸가지 63
싸움닭 62
싸이월드 253
쌍꺼풀 134
쌤 271
아르바이트 118
아이디 247
아이섀도우 137
아첨하다 192
아카데미 시상식, 칸 영화제 237
안습 270
안티 249
애교 만점 78

앨범 232
야근하다 191
야동 276
양다리 걸치다 41
양아치 220
어중이떠중이 친구 112
얼짱 81
엄친아，엄친딸 10
업그레이드 256
엉망이 되게 마시다 162
엑스트라 230
엔터테인먼트 229
여드름 151
여성적이다 73
여우 80
여자는 남편 따라 간다 36
연상연하 커플 53
연애 편지 23
연예계 229
열 받는다 303
열공모드 115
엽기 299
오디션 240
오빠부대 224
옥에 티 307
옷걸이 87
옷이 날개 124
완소남，완소녀 9
왕따 106
외향적 92
왼손잡이 97
요가 149
욕심쟁이 60
우거지상 58
우울증 280
원샷하다 160
월급 190
월요병 199
웰빙 295
웹서핑 263
윙크하다，눈빛 보내다 21
은쟁반에 옥구슬 굴러가는 소리 77
음주 운전 163
이기적 93
이브닝드 127
이슈 242
인터넷 쇼핑몰 262
인터넷 카페 254
인터뷰 241
입이 짧다 173
잉꼬 부부 33
자기야 20
자뻑 47
잠수타다 305
재벌 2 세 297
재수 없다 216
재수생 105
재테크 202
전봇대，말라깽이 58
절벽 72
조기유학 284
조폭 288
죄다 301
주색에 빠진 방탕한 생활 166
주제 파악 220
죽었다 310
지각대장 117
지랄하다 216
지름신 내리다 294
지못미 273
직장을 옮기다 194
진수성찬 170

질투하다 44
짚신도 짝이 있다 35
짜장면 175
짝꿍 110
짝사랑 16
짝퉁 312
짭새 284
쪽팔리다 311
찍다 16
찜질방 153
차다, 차이다 39
채팅 255
천생연분 19
철밥통 206
첫날밤 31
첫눈에 반하다 15
○○체질 208
체크무늬 129
초식남/건어물녀 275
촌닭 85
촛불시위 308
카드 한도액까지 쓰다 207
칼퇴근하다 192
컨닝하다 102
컴맹 264
(컴퓨터) 바이러스 260
코디하다 127
콧대 높다 79
킹카, 퀸카 10
태클 걸다 306
텔레파시 295
톱스타 225
튀다 301
튕기다 39
트렌드 302
트윈케익 139
파마하다 142
파파라치 244
팍 팍 먹다 167
팔방미인 78
팔자 걸음 85
패션쇼 130
팬클럽 225
포털사이트 251
폭탄 48
폭탄주 159
프라이버시 308
프러포즈 17
플레이보이 42
피브트러블 152
하이힐 128
학원 114
한 잔 드리다 164
한류 226
한턱 쏘다 170
합승하다 291
해적판 240
해커 261
헐리우드 236
헤드라인 (뉴스) 242
헬스 147
혈액형 289
호랑이 선생님 117
호랑이도 제 말 하면 온다 278
호박, 메주 56
홈페이지 252
화장발 122
화투 치다 178
황소고집 69
(회사) 짤리다193
흑기사 162
힛트곡 231

Linking Korean

課本學不到的韓劇流行語

2014年5月初版　　　　定價：新臺幣390元

著者	金昊熙
	張麗
發行人	林載爵

出版者	聯經出版事業股份有限公司	叢書編輯	李芃
地址	台北市基隆路一段180號4樓	校對	陳香伶
編輯部地址	台北市基隆路一段180號4樓	整體設計	賴雅莉
叢書主編電話	(02)87876242轉226	錄音	朴芝英
台北聯經書房	台北市新生南路三段94號		任炳沃
電話	(02)23620308	錄音後製	純粹錄音後製公司
台中分公司	台中市北區崇德路一段198號	封面插畫	高誌陽
暨門市電話：	(04)22312023		
台中電子信箱	e-mail：linking2@ms42.hinet.net		
郵政劃撥帳戶第	0100559-3號		
郵撥電話	(02)23620308		
印刷者	文聯彩色製版印刷有限公司		
總經銷	聯合發行股份有限公司		
發行所	新北市新店區寶橋路235巷6弄6號2樓		
電話	(02)29178022		

行政院新聞局出版事業登記證局版臺業字第0130號

本書如有缺頁，破損，倒裝請寄回台北聯經書房更換。　　ISBN 978-957-08-4384-2 (平裝)

聯經網址：www.linkingbooks.com.tw

電子信箱：linking@udngroup.com

本書中文繁體字版由上海譯文出版社授權出版，原著作名《400精選韓語流行語》

國家圖書館出版品預行編目資料

課本學不到的韓劇流行語/金昊熙、張麗著．初版．臺北市．聯經．2014年5月（民103年）．320面．13×18.8公分（Linking Korean）

ISBN 978-957-08-4384-2（平裝附光碟）

1.韓語　2.讀本

803.28　　103006028